BIBLIOTHÈQUE CHOISIE.

Le Chevalier
DE
SAINT-GEORGES

par

ROGER DE BEAUVOIR.

Deuxième Edition, avec de nouvellee Notes de l'auteur.

Tome Deuxième.

PARIS.

H.-L. DELLOYE, ÉDITEUR,

place de la Bourse, 13.

1840.

BIBLIOTHÈQUE CHOISIE.

LE CHEVALIER DE SAINT-GEORGES.

BATIGNOLLES-MONCEAUX,
IMPRIMERIE D'AUGUSTE DESREZ, 24, RUE LEMERCIER.

LE CHEVALIER

DE

SAINT-GEORGES

PAR

Roger de Beauvoir.

Deuxième édition,
AVEC DE NOUVELLES NOTES DE L'AUTEUR.

TOME DEUXIÈME.

PARIS,
H.-L. DELLOYE, ÉDITEUR,
13, PLACE DE LA BOURSE.

1840.

LE CHEVALIER DE SAINT-GEORGES.

XVI.

Tio-Blas.

— *Venga la muerte; ya soi listo!*
— Vienne la mort; je suis prêt!

Il portait le costume d'un simple marchand de la partie espagnole de l'île.....

C'est vous dire que son habillement consistait dans un méchant pantalon de basin blanc, une veste brune d'étoffe légère, garnie de deux ou trois rangs de boutons d'or, un manteau de drap bleu avec un large galon au collet, un chapeau noir entouré d'une vieille ganse à brillans.

Mais tout cela usé, terni, misérable..... Vous eussiez cru voir un juif de Santo-Domingo au lieu d'un marchand.

Deux pistolets damasquinés au pommeau reposaient pourtant à sa ceinture à côté d'un couteau fermé, dont la seule lame eût coupé la branche d'un tamarin.

Il ôta son manteau, le ploya et le jeta assez arrogamment sur le lit.

A l'index de sa main droite scintillait en vives bleuettes de lumière un diamant d'étrange grosseur.

Ce personnage était de taille exiguë; c'était moins un *hombre* qu'un *hombrecillo*, mot qui résume merveilleusement en espagnol un petit homme.

En revanche, sous cet ensemble inculte, sous ces vêtemens secs et râpés, il conservait une expression de physionomie peu commune.

Son teint pâle n'avait rien de celui des habitans ordinaires de la partie espagnole; ses dents, ses mains et sa barbe, toutes choses dont il se montrait fort curieux, n'appartenaient pas davantage à cette caste bâtarde, sœur de l'Afrique. Sa lèvre inférieure exprimait un grand dédain; ses joues maigres couvaient la fièvre, mais cette fièvre continue à laquelle sont en proie, plus particulièrement sous les tropiques, les hommes sombres, haineux.

Rien qu'à le voir ainsi les bras croisés devant la marquise de Langey, vous eussiez deviné sa nature hautaine. L'arc de ses sourcils noirs se soulevait par momens au-dessus de son front plissé déjà de quelques rides bien qu'il eût à peine trente ans. Son regard limpide et froid dénotait l'opiniâtreté, mais une opiniâtreté terrible en sa voie, à laquelle rien ne coûte ni ne résiste. L'empreinte irrécusable de la fatalité marquait cet homme, tombant pour ainsi dire en ruines autour de lui-même, usé par les passions ou le climat, eau stagnante au premier aspect, mais qui fermentait continuellement au soleil. A travers sa dégradation et sa misère, il laissait percer des airs réels et imposans d'autorité.

Debout devant la marquise, il l'examinait avec une avidité singulière; il semblait qu'il y eût longtemps qu'il n'eût contemplé ses traits; il s'en repaissait comme l'alligator se repaît d'abord de sa victime, — par la vue.

En ce moment terrible, la marquise regretta de ne plus avoir de mari, de défenseur; mais l'horreur de sa situation l'entraînait, elle connaissait cet homme, et il était écrit qu'elle lui devait répondre comme à un juge.

— Caroline, dit-il, depuis combien de temps me croyez-vous de retour ici?

— Mais je ne sais..... Qui me l'aurait dit?..... Vos propriétés ne sont-elles pas dans le continent espagnol?

— Mes propriétés! vous riez. Je suis un marchand orpailleur qui commande, pour son commerce, à quinze nègres : voilà tout.

La marquise ne répondit pas à ces mots prononcés avec une ironie insouciante.

— Vous ne doutez pas de mes paroles, je l'espère! Me croyez-vous noble ou grand seigneur, par hasard? Fi donc! Je suis Tio-Blas, un marchand.

— Oh! reprit-elle en se cachant la figure de ses deux mains, je ne l'ai point oublié! Mais..... qu'avez-vous à me dire?

— J'ai à vous dire, Caroline, que je vous hais.

— Vous me haïssez? reprit-elle en se levant toute pâle.

— Comme on hait le noir qui incendie votre maison, celui qui empoisonne vos bestiaux, celui qui essaie de vous tuer. Vous êtes la couleuvre, Caroline, la couleuvre longtemps aimée, à laquelle j'offris le lait; maintenant vous ne pouvez ignorer le sort de la couleuvre, — le fusil d'un misérable noir l'a tuée; — mais vous, — vous, Caroline, qui vous tuera?

— Vous me faites frémir..... Vous êtes cruel, Tio-Blas; si j'eus des torts, je vous en demande pardon!

— Vous humilier, vous! allons donc! vous devez porter la tête haute..... Ah! vous ne savez pas d'où j'arrive, Caroline? Eh bien! moi, je vais vous le dire. J'arrive de la Guadeloupe! de l'habitation des Palmiers, où vous étiez et d'où vous veniez de partir.....

— L'habitation serait-elle brûlée? dites..... une révolte de noirs..... peut-être?..... Vous avez, je le vois, à m'annoncer de tristes nouvelles.....

— Tristes, Caroline, tristes comme la robe que vous portez. Vous portez le deuil de M. de Langey; c'est héroïque!

— Ne le dois-je pas?

— C'est juste..... Mais dans les cafés on m'a appris là-bas d'étranges choses.

— Dans les cafés !

— Écoutez donc ! c'est le seul endroit où l'on m'ait parlé de vous avec franchise !... Vous avez, madame, de vrais amis à la Guadeloupe !

— Je ne vous comprends pas. Qu'alliez-vous faire aux Palmiers ? Me chercher ? Mais je n'avais répondu à aucune de vos lettres. Je devais agir ainsi, je l'ai fait ; vous m'avez écrit que vous aviez été le témoin de M. de Langey, je vous en remerciai. Vous ne pouvez avoir recueilli sur moi aux Palmiers ou dans les cafés de la colonie des mots cruels, insultans, sans les avoir punis de votre dédain ou de votre vengeance. Que venez-vous donc m'apprendre ? Depuis que je ne vous ai vu, monsieur, continua la marquise en baissant la voix, j'ai subi le poids d'une grande douleur, vous ne venez pas la réveiller ; oh ! cela serait infâme !

— Pas de phrases, madame ; je suis l'un de ces voyageurs qui, grâce aux mille circuits de la route, n'a jamais pu aborder le point de vue qu'il cherchait. Vous m'avez toujours échappé, vous m'avez promené de détours en détours ; Caroline, il faut m'entendre ! Je viens savoir aujourd'hui de vous-même ce que c'est qu'une femme, ce qu'en doit faire ma colère ou mon amour ; car, encore une fois, je l'aime et je la hais tout ensemble ; mais elle m'a joué, elle m'a trahi, je ne veux plus d'elle que comme ma femme, ou elle mourra !

— Comme votre femme ! reprit-elle avec un mouvement de dédain.

— Comme ma femme! continua Tio-Blas, dont les lèvres bleuâtres tremblaient.

— Tio-Blas, vous n'y songez pas!

— Je viens réclamer une promesse..... j'ai compté sur vos sermens, Caroline; vous devez être ma femme, vous la serez!

— Tio-Blas, respectez mon deuil, si vous ne me respectez pas moi-même. Tout doit finir entre nous, je ne m'appartiens pas. Oui, je vous avais promis ma main, cela est vrai, mais en d'autres temps..... Aujourd'hui je dois rester veuve.....

— Veuve à vingt-cinq ans! veuve en aimant le luxe et les pierreries! dit-il avec un rire étouffé. Car vous aimez les pierreries, marquise, je ne l'ai point oublié!

— Tio-Blas!

— C'est pour cette raison que je veux vous emmener avec moi — chez moi — à San-Yago;— vous y verrez des mines, des bassins d'or. Vous auriez tort de me refuser; Caroline, mon habitation est moins splendide que la vôtre, mais on s'y plaît. Nous repasserons de là en Espagne, si vous voulez. Acceptez-vous?

— La marquise de Langey épouser un simple marchand!

— Le nom de ce simple marchand, Caroline, vaut peut-être bien celui d'un contrôleur général de France. Que dites-vous de celui-ci, le comte de Cerda!

— Vous, le comte de Cerda?

— Oh! cela vous étonne! Don Juan Alvarez d'Alhange de Cerda, c'est mon nom. Vous semble-t-il sonore? Je suis de Catalogne, et l'évêque de Santo-Domingo est tout bonnement mon oncle..... Encore une fois, cela ne vaut-il pas la noblesse de robe de M. de Boullogne?.....

L'Espagnol avait enlacé de son regard la tremblante Mme de Langey. L'assurance amère de ses paroles confondait toutes les idées de la marquise..... Jusque-là elle n'avait vu dans Tio-Blas qu'un marchand; était-ce un piége que cet homme lui tendait, ou bien avait-il le droit de traiter avec elle d'égal à égal? Il la tira lui-même de ce chaos de pensées en lui disant :

— Eh bien! maintenant le noble ne vous semble-t-il pas l'égal du financier? Le noble est jeune, vert encore; on l'appelle, je sais, Tio-Blas le marchand; mais il a ses parchemins bien en règle. Marquise, ce noble en ruines vous déroulera son histoire; la place que vous y tenez fut terrible. Entre nous il y a du sang!

— Du sang! cria-t-elle épouvantée.

— Du sang, dit l'Espagnol en marchant vers elle.

— Et vous osez m'offrir votre nom; qui que vous soyez, Tio-Blas ou comte de Cerda? que m'importe? Vous ai-je commandé jamais un crime, monsieur?

Tio-Blas, dont les dents se froissèrent d'abord avec rage, répondit avec un air de raillerie calme à la marquise :

— Vous me rappelez le confesseur de la vieille

duchesse de Capmani. Il était précieux à entendre sur le fameux axiome de : *Qui veut la fin, veut les moyens*. Pour mon compte, je regrette beaucoup de n'avoir pas suivi les conférences de ce fameux casuiste. Il m'aurait peut-être appris qui de ces deux natures est la damnée, de l'esclave qui tue ou du maître qui fait tuer.

— Que voulez-vous dire ?

— Qu'il n'y a pas que moi de coupable, Caroline, et qu'à la confession de ma vie que vous allez entendre, il me faudra répondre par la vôtre, marquise de Langey !

— N'aurez-vous pas pitié d'une pauvre femme qui ne porte plus ce nom ?

— Vous avez raison, Caroline ; j'aurais pu avoir pitié de la femme du marquis de Langey; mais je n'en aurai point de la maîtresse de M. de Boullogne ! Vous m'écouterez. Aussi bien ces momens pour moi sont solennels.

Il reprit après une pause interrompue seulement par la respiration de la marquise :

— Il y a dix ans, j'habitais San-Lucar de Barrameda, jolie petite ville située à trois lieues de Cadix, sur la gauche du Guadalquivir. A vingt ans (c'était l'âge que j'avais alors), je ne connaissais pas, le croiriez-vous ? d'autre joie que de faire la sieste sous les oliviers, de boire du vin de Manzanilla et de fumer des cigares. Je n'avais jamais connu les embrassemens d'une mère. Mon père, homme avare, me laissait à peine quelque argent. Élevé par ses ordres chez un chanoine, dans l'enceinte de San-Lucar, dont je n'étais jamais sorti, j'ignorais la vie des jeunes gens, leurs trois amours furieux, le vin, le jeu et les femmes. J'aurais fait peut-être un excellent bibliothécaire, mais il ne me serait pas venu en idée de songer qu'une femme pût être perfide ou qu'on pût tromper un ami. Jamais je ne désirai seulement de voir la baie de Cadix, ses pavillons relevés ou pendans sur l'eau, ses femmes épanouies comme des fleurs à ses balcons, ses processions, ses fêtes. Mon humeur sauvage s'accommodait mieux de la lecture des auteurs les plus abstraits que de la conversation d'une jolie fille allant puiser de l'eau à la fontaine. Un jour cependant je fus accosté dans la principale rue de San-Lucar par un vendeur de cigales qui me remit un billet; il était d'une dame connue, me dit-il, à Cadix pour son luxe, la marquise de la Higuerra. On m'y mandait de venir, et que je n'aurais pas sujet de le regretter. Comme je ne savais trop à quelle sorte de rendez-vous j'allais, je ne suivis cet homme qu'après avoir pris mon épée; il avait loué passage pour moi sur une felouque qui nous mena à Cadix.

» La marquise me parut logée magnifiquement, mais dans le quartier de la ville le plus retiré. C'était une vieille femme dans toute l'acception du mot, et je ne m'étonnai plus, en l'examinant, du ton aimable de sa lettre. Elle avait un gros bouquet de fleurs au côté, la jupe courte et voltigeante, l'œil hardi et le jeu le plus fripon d'éventail qui se pût voir. Or, cette marquise-là, c'était ma mère! ma mère, séparée de l'auteur de mes jours depuis ma naissance; ma mère, vivant à Cadix sous le nom d'une de ses parentes défunte; elle s'était souvenue fort à propos pour moi qu'elle avait un fils, et comme vous le pensez, notre joie de nous retrouver tous deux fut extrême.

» Avant de me faire cette confidence, elle jouit d'abord de mon embarras; le mystère de cette entrevue lui sembla (elle me l'a souvent conté) une de ses plus douces jouissances. Bientôt elle m'entoura de soins, m'équipa selon mon rang et se fit un devoir de m'accorder au centuple tout ce que me refusait mon père.

» Vous imaginez-vous un jeune homme de vingt ans contenu jusque-là dans toutes les bornes et à qui l'on offre les moyens de vivre à sa guise? Je trouvais chez moi, chaque jour, des étoffes de toute espèce et de toute forme, des laquais nombreux, des bourses toujours remplies : je pouvais me mêler dans la nuit aux sérénades, respirer la fraîcheur des jets d'eau et des bosquets, avoir une vie tressée de fils d'or et obtenir bien vite gain de cause auprès des femmes! Une passion plus frénétique et moins insensée pourtant que l'amour me saisit; cette passion, ce fut le jeu!

» Je n'eus que trop d'occasions de la satisfaire. J'étais attiré vers cet incroyable amour, uniquement parce que je le trouvais au-dessus des amours vulgaires, qu'il était chez moi poétique, idéal et le prétexte de singulières profusions. Je jetais l'or aux aguadores et aux premiers pauvres qui me demandaient l'aumône; j'allais moi-même dans les hôtelleries payer aux matelots du vin de la Manche; je dotais par orgueil de pauvres étudians qui couraient pieds nus sans avoir de quoi s'acheter des livres; enfin, la chance me servit tellement que je fus cité dans tout Cadix comme un nabab de l'Inde pour ses trésors.

» Sur ces entrefaites, ma mère mourut, et avec elle s'éteignit le soleil de ma fortune. Au lieu d'obéir, comme autrefois, à mes désirs, les cartes leur furent contraires; je perdis des sommes considérables et vendis bientôt deux palais. Mon père avait résolu de de ne point m'entendre; il se tenait scellé dans un couvent, après avoir légué à ma sœur toute sa fortune; celle de ma mère s'était vue engloutir dans l'horrible gouffre! Il fallait me résoudre à traîner dans quelque ville d'Espagne la vie misérable d'un hidalgo, me voir saisi par des gens de justice pour mes dettes ou m'exiler. Les colonies m'offrirent non-seulement un refuge, mais encore une fortune. Entre toutes les autres, Santo-Domingo me plut : le patron de cette ville était le mien. Je trouvai moyen de m'y rendre sans payer même mon passage, je suivis ici l'évêque don Fernando del Portillo, mon parent, qui venait d'être nommé à cette haute dignité.

» En abordant l'embouchure du fleuve l'Ozama, je ne pus m'empêcher de remarquer sur la rive gauche la maison, ou plutôt le château que don Diegue Colomb, fils de Christophe, fit bâtir pour s'y retirer. Revêtue d'une enceinte de murs épais, elle semblait défier la main du temps. Ce château me fit penser à celui de mon père, mon père qui mourrait sans me voir, mon père qui m'avait maudit! Mes châteaux, mes fiefs n'existaient plus, j'étais un paria, un exilé !

» Les Espagnols avaient couvert la terre où je posais le pied des vestiges de leur ancienne puissance; leur grandeur se retrouvait partout sur ce sol inégal et gonflé de décombres, exposé aux tremblemens de terre et aux exactions perpétuelles, engraissé du sang et de la sueur des noirs, qui, sous le fouet du maître, succombaient sans même servir. C'était un Chanaäm ouvert à mon industrie; je n'hésitai pas à mépriser ceux de ces hommes qui préféraient la vie de citadins nonchalans à l'exploitation de ces landes incultes, de ces mines précieuses qui devaient enfanter de l'or! Je choisis pour demeure San-Yago; le Rio-Verde renfermait tant de parcelles de ce métal qu'il le charriait avec le sable. Un esprit actif comme le mien concentra bientôt son activité dans ce commerce; sous le nom de Tio-Blas, je devins un des plus riches marchands espagnols.

» Mes plongeurs faisaient merveille. Ils ne pouvaient d'abord extraire chacun de ce sable que pour une gourde environ de paillettes ou grains d'or; je les dirigeai si bien qu'ils doublèrent ce produit. Obligés souvent de plonger dans les endroits les plus profonds, ils m'en rapportaient de petits grenats rouges si fins et si transparens qu'avant de les soumettre au lavage et à l'action du feu, je me prenais à les regarder et à m'attendrir sur eux. Cet or natif me rappelait ma première vie, mon enfance passée près du chanoine de San-Lucar, ma pureté candide et tous ces tranquilles instincts que j'avais perdus!

» Moins ambitieux que moi, mais aussi plus heureux, mes paisibles voisins se contentaient d'un hamac, de canaris faits d'une poterie humble, de la vue de la plaine et d'un peu d'eau aiguisée de tafia.

» Moi, j'avais refait fortune ; je ne suspendais pas mon hamac entre deux arbres, j'avais acheté de mes beaux deniers une tour moresque auprès du Rio-Verde. Le front de ma tour, quand venait le soleil couchant, se mirait dans ma rivière aux lingots d'or. Je puis vous assurer que l'ombre du comte de Cerda était bien effacée de ma mémoire; j'étais un négociant, un trafiqueur, — voilà tout.

» Des affaires pressantes m'appelèrent à la Guadeloupe. Jusque-là je n'avais pas quitté ces plaines tranquilles, ces marais devenus pour moi des trésors. J'arrivai à la Pointe-à-Pitre. Là, pour la première fois, je vous vous vis.

» A travers ma folle existence de joueur, j'avais du moins, Caroline, préservé jusqu'à ce jour mon cœur de tout amour sérieux; je vivais dans une ignorance heureuse de tout ce qui est passion. Le jeu m'avait traité trop cruellement pour que j'eusse envie de m'y reprendre; la fortune me souriait: il ne manquait donc à ma nature ardente qu'un seul incendie, l'amour !

» Cette source des inspirations héroïques et des crimes insensés, la fureur du jeu l'avait tarie chez moi, du moins je le croyais : j'étais un convive enivré de vin et d'opium, n'ayant jamais laissé épanouir cette fleur de joie ou de tristesse au fond de mon cœur ; je ne me défiais pas même des femmes, — je ne les connaissais pas !

» Un de vos regards pénétra cet assoupissement; mais, chose surprenante! il m'entra au cœur je ne sais quelle pointe acérée, terrible, quand je me délectai la première fois de votre beauté. C'était à un bal, il y a huit ans. Tous les jeunes gens de la ville vous entouraient; les créoles, vos rivales, avaient elles-mêmes pour vous des éloges et des sourires. Merveilleusement née pour mentir, vous ne désespériez aucun de ces soupirans : à celui-ci, une fleur de votre bouquet; à cet autre, une œillade; au plus favorisé, votre éventail. Vous veniez à peine de sortir de la tutelle de vos parens et d'épouser M. le marquis de Langey. C'était à qui vous débiterait ces galanteries de France, pour lesquelles je ne me suis jamais senti formé; tous les danseurs bourdonnaient autour de vous comme autant de mouches luisantes. Je vous vois encore : vous étiez l'étoile du bal, chacun se pressait, s'agitait autour de vous. Vous aviez une belle robe blanche à bouffettes bleues, et vos cheveux noirs sans aucune poudre. Je remarquai à votre cou un magnifique collier de diamans; mais vous eussiez porté de simples perles que vous n'en eussiez pas moins effacé toutes ces femmes. Retiré dans mon coin, auprès d'un jeune homme dont l'œil ne vous quittait pas, je vous regardais sans lui parler, je suivais tous vos mouvemens, quand il me dit :

» — N'est-il pas vrai que ma Caroline est belle?

» J'éprouvai à ce seul mot une aversion étrange pour ce jeune homme; il était votre mari. Ce n'était pas à lui, mais bien à un juif de la Pointe-à-Pitre que je devais mon invitation à ce bal ; je ne lui répondis pas, je pris mon chapeau, et je sortis.

» Ce qui motivait dans mon esprit cette brusque disparition, c'était moins le déplaisir que j'avais éprouvé d'être arraché si brusquement à mon rêve que l'humiliation réelle qui m'avait saisi de n'avoir pu fixer seulement votre attention. A peine en effet m'aviez-vous regardé ; mes habits n'avaient rien que de modeste ; vous étiez d'ailleurs trop entourée pour songer à moi.

» Avec votre image, que j'emportai et dont rien au monde ne put me distraire pendant la nuit qui suivit ce bal, j'emportai aussi l'espérance de vous revoir. Déjà je ressentais tous les aiguillons de cette soirée, je faisais mille projets, je voulais vous enlever, me venger de mes rivaux, que sais-je? Je me tordais, je vous appelais, j'étais fou !

» Résolu de vous revoir, j'allai le lendemain chez ce juif qui m'avait valu l'honneur funeste de vous rencontrer à ce bal. Le bonhomme était alors occupé à défaire un écrin de son enveloppe ; un grand laquais noir, qui venait de le lui remettre, tenait le bouton de sa porte comme s'il eût attendu une parole de lui avant de sortir.....

» — C'est bien, Jupiter ; vous direz à la marquise de Langey que je lui renverrai l'écrin pour un prochain bal.

» En parlant ainsi, il faisait sonner joyeusement dans sa main plusieurs pièces d'or.

» Le nègre parti, je demandai au juif de voir l'écrin.

» — Il me fait honneur, qu'en pensez-vous? reprit-il; mes diamans ont dansé hier sur le cou d'une marquise!

» — Vos diamans! Que voulez-vous dire?

» — Que je les loue, pardieu! à M. le marquis de Langey. Cet excellent jeune homme aime tant sa femme! il fait tant de dépense pour elle!

» — Le marquis de Langey! Quoi! ne serait-il donc pas riche?

» — Je n'en sais rien; toujours est-il qu'il me doit neuf cents piastres..... A son arrivée dans la colonie, il a d'abord fait belle figure; mais depuis son mariage, il emprunte. C'est peut-être le jeu : ils sont tous acharnés ici après les cartes!

» — Mais la marquise, la femme de M. de Langey?

» — Mon jeune confrère, ne m'interrogez pas sur elle; c'est une femme dont je tomberais peut-être amoureux si je n'avais pas de cheveux blancs..... Figurez-vous qu'elle fait à elle seule aller le commerce de la Guadeloupe! Chaque jour de nouvelles parures, des caprices, des idées de l'autre monde! N'a-t-elle pas donné l'autre mois une collation où il y avait pour trois cents livres de fraises! Il est malheureux que cette femme-là n'ait point épousé quelque fermier général!

» — Je ne vous demande pas si vous la croyez coquette?

» — A l'extrême..... Elle a rendu un jeune nègre si amoureux d'elle, pour l'avoir seulement portée en chaise à la promenade, que le pauvre garçon s'est allé noyer dans le puits d'une *noria*.

» — Écoutez. Vous chargez-vous de me faire expédier de chez moi, à l'aide de ces deux mots que j'écris, un coffret laissé à San-Yago? Combien attendrai-je de jours?

» — Quinze au plus; le navire *l'Hercule* part ce soir même; je me charge de votre commission.

» Après ce dialogue, je quittai le juif. J'avais recueilli de sa bouche plus de renseignemens que je n'en aurais espéré de votre mulâtresse. Cet amour absorbant dominait la veille toutes mes pensées, je me débattais en vain sous son influence magnétique : il me tenait garrotté sous lui, je ne pouvais faire un pas! Aujourd'hui je me sentais plus à l'aise : je vous savais pauvre, je pouvais vous aborder! Quelle joie, quel orgueil j'éprouvais à me contempler moi-même! Possesseur d'un riche domaine, je pouvais mettre à vos pieds une fortune, vous sauver de la honte peut-être!..... En cas de fuite, mon bras vous était acquis, mon esquif préparé vous attendait, et alors vous viendriez avec moi, vous quitteriez ces lieux où je ne faisais que passer comme passe l'oiseau; mon palais vous recevrait!

» Vous aimiez singulièrement la musique. Quelques jeunes gens de la ville me proposèrent d'assister à un repas qu'ils vous offraient; je vous accompagnai sur le clavecin : j'entrevis ainsi de plus près votre fatale beauté. La journée se passa en conversations, en plaisirs. M. de Langey ne vous quittait plus; je sus si bien faire que je l'éloignai : il se mit au jeu, et je pus vous parler une première fois de mon amour!

» Quels aveux ! quel langage ! Chacune de mes phrases exprimait assez l'ardeur de ma passion ; j'aimais d'un amour fougueux, irrité par les obstacles ; jusque-là je n'avais jamais aimé. Vous reçûtes mes confidences en riant ; vous paraissiez n'y pas croire, et vous me demandâtes pour gage de ma parole un reliquaire d'émail que je portais sur la poitrine. C'était, disiez-vous, le seul moyen que vous eussiez de conjurer le démon : vous m'accusiez d'être le vôtre ; vous me donniez ainsi de l'orgueil à mes propres yeux ! Je vous laissai ce reliquaire au travail duquel je tenais beaucoup ; je l'avais rapporté d'Espagne, et le duc del Campo m'en avait offert un sac de portugaises. J'avais aussi quelques chapelets en or dont je fus heureux de vous parer ; il me semblait qu'un Espagnol comme moi ne pouvait mieux faire que de vous couvrir d'amulettes et de vous consacrer comme une chose sainte.

» En prévenant ainsi vos moindres désirs, je croyais être le seul, je ne tardai pas à me découvrir un rival dans M. de Langey lui-même. Jaloux de vous attacher à lui par tous les liens, M. de Langey, ainsi que me l'avait déclaré le juif, ne se faisait faute d'engager pour vous de rudes sommes au jeu ; il partait, empruntait et perdait presque toujours avec une rare constance. Je ne tardai pas à me trouver humilié de cette concurrence intéressée, ce joûteur acharné que je trouvais sur mon chemin pavé d'or me déplut au dernier point. Cependant, grâce à vos recommandations, je ne laissai rien échapper de cette mauvaise humeur ; le sort traitait d'ailleurs impitoyablement

M. de Langey, et dans cet étrange tournoi, entrepris pour vous et sous vos yeux mêmes, je me flattais raisonnablement d'être le vainqueur !

» Une circonstance singulière m'en fournit bientôt l'occasion. Le bal le plus magnifique se préparait à la colonie pour la réception du nouveau gouverneur ; vous deviez y assister. La toilette des femmes y serait, disait-on, éblouissante; toutes les sultanes de l'île étudiaient déjà leur costume : car ce bal devait être un bal masqué. Vous aviez choisi l'habillement de Jeanne de Naples. A votre grande surprise, le juif qui vous fournissait vos pierreries avait disposé de cette parure ; une rivale avait fait le coup. Vous alliez vous trouver, dès votre entrée à ce bal, embarrassée par les chuchotemens et les regards curieux ; on ne manquerait pas de se demander comment la femme du noble marquis de Langey n'avait point de diamans ? Le bal réunissait tous les colons opulens de l'île ; et vous, l'astre des fêtes, vous verriez pâlir votre éclat ; vous, le bouquet des bals, vous laissiez tomber vos fleurs à terre ! Ces réflexions vous assiégeaient, et vous m'en faisiez tristement la confidence quand un nègre domingois vint me demander à la porte de votre case ; je le reconnus vite pour un des miens ; il m'apportait le coffret demandé par l'entremise du juif. Je ne me tins pas de joie, je savais qu'il renfermait un collier du prix de vingt mille piastres ! Les diamans arrivaient fort à propos. Je vous remis le coffret, votre éblouissement égala votre surprise..... Dans votre impatience, vous essayâtes le collier ; c'était une constellation magique, une pluie d'étoiles sur votre poitrine émue..... Il y avait dans votre empressement à vous en saisir je ne sais quoi de doucereusement cruel; vous ne me demandiez pas même comment ils m'étaient venus, ces diamans! au prix de quels labeurs et de quelles fatigues! Peu vous importait, vous étiez la reine; et ce diadème, qui avait tardé à venir, vous mettiez enfin la main sur lui!

» Le lendemain, au bal offert au gouverneur, c'était à qui vous ferait compliment; les femmes vous jalousaient, les hommes se penchaient pour vous regarder; vous étiez vraiment Jeanne de Naples! Ma qualité de marchand n'inspira aucun soupçon au marquis; il me tira seulement à l'écart pour me demander le prix du collier; le chiffre exorbitant de cette parure le fit reculer. M. de Langey projetait alors une absence de deux mois, sa santé l'exigeait impérieusement: ses préoccupations et ses travaux l'avaient maigri plus en un mois qu'en dix années. Je fus le premier à lui offrir ma bourse et mon crédit; mais il espérait des recouvremens à la Martinique, et il rejeta mes offres. Devenu plus libre par son départ, je n'imposai plus silence à mes sentimens, ils éclatèrent. Nos entretiens reprirent leur cours. Il doit vous souvenir, Caroline, de quelles mystérieuses précautions vous entouriez mon bonheur; personne dans la colonie ne s'en doutait. Vous jugiez sans doute inutile de divulguer aux yeux de tous votre honte, car à la franchise et à l'amour vous n'opposiez, vous, que la soif des richesses et une insatiable cupidité. Il vous eût semblé cruel, n'est-ce pas, de mettre ainsi votre âme et votre tarif à nu! En me prescrivant comme loi première de me cacher, c'était moins la crainte de M. de Langey qui vous guidait que celle de voir tomber votre masque à terre, ce masque sous lequel vous rêviez l'or, non l'amour, masque de courtisane que je ne soulève qu'aujourd'hui ! »

La marquise fit un mouvement, il reprit :

« Ma crédulité ne devait sonder aucune de ces précautions, je m'y soumis. Il m'arrivait parfois de vous attendre chez vous des heures entières ; je m'asseyais à la place où j'avais causé avec vous la veille ; puis je la quittais en sursaut dès que retentissait le galop de votre cheval ; je soulevais alors le store pour vous voir. Vous rentriez suivie de vingt cavaliers dans votre salon ; vous ne me regardiez pas ; mais aussi, quand venait le soir, je pouvais me glisser, sans être vu, dans votre boudoir..... Un soir j'y entrai pâle et défait, des lettres alarmantes m'arrivaient de San-Yago, des lettres qui m'annonçaient le malheur et la ruine. Je ne vous laissai rien voir de mes craintes, moi, votre amant : j'affectai un air délibéré en vous faisant mes adieux ; ce départ, ces tristes lettres infiltraient pourtant l'agonie au fond de mon cœur.

» Vous m'aviez juré ce que jurent ordinairement les femmes : votre amour, disiez-vous, se trouvait assez fort pour survivre à tout obstacle ; en remplissant votre cœur, mon image n'y laissait point de place pour d'autre image. Je ne doutai point de votre sincérité, je pensai verser des larmes quand vous m'offrîtes de reprendre ce collier que j'avais eu l'orgueil et la joie de vous prêter le jour du bal. Je sentais mon courage s'affaiblir en demeurant plus longtemps, je partis ; ce fut pour moi un moment terrible. Il y a sept ans, et je m'en souviens encore !

» De retour chez moi, je trouvai mon habitation en grand tumulte. Une portion de mes noirs avait déserté, m'enlevant le fruit de ma récolte ; ils avaient gagné le Fondo-Negro, où ils s'étaient retranchés. J'écrivis aux autorités ; on me fournit des hommes, des chevaux ; bientôt je me mis à la poursuite des fuyards. Ils n'étaient allés heureusement qu'à petites journées, traînant après eux le plus de parties métalliques possible, afin de les réduire en lingots. Ils me supposaient encore absent, et j'en rencontrai tout à coup bon nombre sur la route qui revenaient impudemment la nuit pour me voler le reste des mines. Je fis feu sur eux le premier, les soldats de la garnison m'imitèrent. Dans leur grossière ignorance, plusieurs de ces malheureux avaient avalé des parcelles d'or pur, d'autres les avaient cachées soigneusement sous leur chevelure crépue. J'appris bientôt que ces soulèvemens et ces larcins n'avaient été dus qu'à l'influence de certains exemples contagieux dans le nord de la partie française. Je fis mettre les fers aux pieds des plus dangereux, et je les contins par la crainte. Seulement, il me fallut me remettre au travail comme si je n'eusse rien fait, rétablir mes affaires et surveiller de près ma fortune menacée. Je ne quittais plus mes orpailleurs d'un seul instant, le jour et la nuit j'étais avec eux. Au milieu de cet esclavage réel, une seule pensée me soutenait, celle de vous revoir, de vous rapporter le fruit de mes veilles. Le peu de lettres que vous m'écriviez me donnait la fièvre : je vous voyais triste, mourante, en proie au besoin peut-être! Notre intrigue pouvait se découvrir d'un moment à l'autre; qu'eussiez-vous fait, faible femme, devant le courroux de M. de Langey? Toutes ces pensées échauffaient mon sang, elles redoublaient mon anxiété. J'avais fui le jeu, les cercles, les plaisirs, je ne voyais que vous qui puissiez me rendre le travail léger! Dans quelques mois, j'allais vous rejoindre; dans quelques mois, votre amour saurait me venger du sort!

» Rêves insensés, aveugles! mon étoile fatale ne devait-elle pas m'avertir que je ne bâtissais que sur le sable? Il n'y avait pas un mois que j'étais de retour à San-Yago lorsque je reçus avis que des six vaisseaux frêtés par moi en compagnie des plus riches marchands de la ville, un seul avait échappé, un seul qui venait nous apporter lui-même la nouvelle de ce désastre. Nos bâtimens de Tripoli, de Lisbonne, de l'Angleterre, de l'Inde, de la Barbarie, perdus, engloutis ou capturés par les corsaires! C'étaient la désolation et la misère qui allaient planer sur nos têtes! Comme si rien ne devait manquer à mon malheur, ce fut moi que ma compagnie choisit pour aller trafiquer au Mexique de ses dernières ressources. Lorsque je m'étais établi dans le pays, ces mêmes hommes m'avaient fait les premières avances; à cette heure, ils remettaient entre mes mains leur avenir, leur crédit! Pouvais-je résister aux supplications qu'ils m'adressaient? Le souvenir de leurs adieux se retrace encore à mon imagination dans toute sa force..... Je ne crus pas devoir hésiter, je quittai l'île!

» Arrivé au Mexique, il me sembla d'abord que la

fortune se lassait de me poursuivre. Mes opérations ne tardèrent pas à se voir couronnées d'un plein succès ; je rétablis même si bien, au bout de six mois[1], les affaires de ma compagnie qu'elle me rappela, et j'allais mettre à la voile quand je me vis arrêté par un ordre du gouverneur, jeté dans un cachot, sans qu'il me fût permis seulement d'invoquer sur ce sol la justice de mon pays ! L'Envie seule avait ourdi cette trame, l'Envie, qui suit toujours la Fortune et se cramponne au manteau de ses favoris. On calomniait mes spéculations, on leur assignait une source impure..... Ma vie mystérieuse, intérieure, ma vie, que votre seul amour remplissait, était devenue le texte de mille mensonges ; les haines et les rivalités de toute sorte se liguèrent pour m'assiéger. Un misérable esclave mexicain s'était défait de son maître, un riche Espagnol, par le poison ; on m'imputa ce crime, parce que j'avais eu quelques relations d'intérêts avec la victime. Les biens que j'avais amassés enflammaient une multitude d'esprits cupides, leur confiscation flatta mes juges, qui, s'armant de l'impunité que leur assurait l'inquisition, me condamnèrent à pourrir sept ans dans la tour de Santa-Maria. Quand j'appris cet ordre, j'avais le pied sur le vaisseau qui devait me ramener à Saint-Domingue, d'où je serais parti pour vous retrouver, parti pour vous revoir, ne plus vous quitter peut-être !

» Sept ans dans les cachots, Caroline, sept ans dans cette tour qui, comme un rideau funeste, était venue me cacher le jour et la vie ! Sept ans sans amis, sans espérance ! moi, un noble, moi qui m'étais en vain réclamé de ma famille ! La tête appuyée sur la misérable natte de paille qui recevait à peine, vers midi, une caresse du soleil lorsque ses feux brûlaient la plaine en dehors, je prenais Dieu à témoin de mon supplice ; le front abattu, la bouche ardente de soif, je lui demandais les ailes de ces mille oiseaux voyageurs qui passaient sur ma tête et dont je n'entendais que les cris, pour franchir un instant, fût-ce au prix de mille morts, les flots de la mer immense et me retrouver auprès de celle vers qui je tendais les bras ! Parfois le ciel semblait m'exaucer : mes liens tombaient, je me voyais libre..... Songeant alors à la Guadeloupe, je la voyais se détacher et venir à moi comme un cygne flottant sur l'eau ! Mollement illuminée aux vapeurs bleues de la lune, votre image enchanteresse planait sur moi ; j'écartais de mes deux mains, pour vous recevoir, les moindres cailloux de la plage ; je mouillais de mes larmes l'endroit qui allait recevoir vos pas ! Le rêve effacé, je me retrouvais seul, seul devant le crucifix que l'insultante pitié de mes juges avait laissé à ces murs ! Ils ne savaient que trop que j'étais innocent ; mais ils vivaient de ma mort ; cette richesse, que je n'avais amassée que pour vous, ils se la partageaient comme une dépouille ! Le temps était venu cependant où ces pierres, qui devaient se fendre sous mes sanglots, allaient s'ouvrir aux réclamations de mes amis désabusés sur mon trépas dont on avait fait courir la nouvelle. L'heure de ma délivrance approchait, et je l'attendais comme si elle eût dû me rendre la vie !

» Hélas ! il ne vint que trop vite pour moi, ce jour

qui me paraissait si lent à luire ! Je ne pouvais prévoir quelle influence terrible il aurait sur ma destinée ; à quels remords éternels et à quelle honte votre indigne amour me condamnerait ! »

Ici l'Espagnol éleva les yeux au ciel avec une expression de douleur désespérée. La lampe de cette chambre éclairait seule sa figure, qui était devenue peu à peu d'un magnifique caractère en passant par les divers sentimens qu'elle traduisait. Mme de Langey, visiblement terrifiée, n'osait articuler devant lui la moindre parole.

C'était une confession qu'il lui avait annoncée ; elle en attendait la fin avec angoisse.

Au dehors, le silence était profond ; de gros scarabées, se heurtant aux vitres, cherchaient seuls à l'interrompre. L'Espagnol appuya sa tête entre ses mains, comme s'il eût voulu contenir lui-même la digue de ses souvenirs ; puis, le regard machinalement cloué sur les nattes de la chambre, il continua :

XVII.

Suite.

Tout cela par vous et pour vous, Rufine ; vous avez votre ouvrage devant les yeux.

(*Histoire de dona Rufine.*)

« Il y avait sept ans que j'avais quitté la Guadeloupe, sept ans que je ne vous avais revue ; à peine m'aviez-vous écrit !!.....

» Ma première visite fut pour vous. On me répondit que vous n'y étiez pas, que M. de Langey voyageait alors lui-même hors la colonie. Votre ancienne demeure me parut en effet inhabitée.

» Les souvenirs des lieux sont cruels, ils portent avec eux le découragement. En revoyant la case où je vous avais connue, la tristesse me prit au cœur. Je ne pus douter que le noir qui me parlait ne voulût me cacher un funeste événement. M. de Langey vous avait peut-être emmenée avec lui ; cette idée me fit frémir.

» Ce noir vous avait servie ; il me connaissait, il m'avait vu souvent m'introduire chez vous, à la tombée de la nuit. A mes questions réitérées, il avait jugé que je devais être un amoureux ; il craignit peut-être ma colère et ne me répondit que par ce seul mot : Partie !

» Ma mauvaise étoile me fit rencontrer quelques-uns de ces jeunes créoles qui m'avaient amené chez vous la première fois ; ils venaient de vous donner une aubade à votre nouvelle habitation située vis-à-vis de celle des Palmiers. Je crus pouvoir me mêler à eux. Je me représentai à vos regards, vous ne me reconnûtes pas. Hélas ! j'étais si changé !

» Il est vrai qu'en ce moment vous étiez alors fort entourée, ces importuns élevaient presque une barrière entre nous deux. Cependant la facilité des mœurs créoles m'était connue ; je tentai dès le lendemain une seconde épreuve, j'eus soin de choisir l'heure de votre déjeuner. J'étais plus enflammé que jamais, je vous avais revue si belle, si admirée !.....
Il me sembla que je devais oublier ce premier accueil, et je m'empressai de me faire annoncer cette fois par votre mulâtresse, qui, moins oublieuse que vous, s'était rappelé mon nom.

» — Madame, c'est le marchand de San-Yago, vous dit-elle, c'est Tio-Blas.

» Quelqu'un causait alors avec vous à ce déjeuner, car j'entendis les deux voix et une sorte de débat élevé sans doute à mon sujet.

» — Faites entrer, répondîtes-vous peu après.

» J'avançai. Vous étiez assise devant un guéridon couvert de fruits ; un homme d'un certain âge, en habit de cour assez riche, vous faisait une lecture ; d'autres personnes jouaient paisiblement dans le salon. Je vous avoue que je ne fis pas grande attention à cet homme, qui de son côté ne me regarda seulement pas. Je ne pouvais guère soupçonner alors que la comédie étrange qui allait se passer entre nous deux eût reçu l'honneur de son approbation, et qu'il vous l'eût même conseillée. Je m'attendais à vous voir bientôt éloigner cet indiscret de votre divan; je pris un siége, et je vous demandai de vos nouvelles.

» Après que nous eûmes chacun échangé quelques paroles :

» — Voici le prix de votre collier, monsieur; vingt mille piastres en bons solvables sur la Compagnie des Indes. Je ne saurais oublier le service que vous m'avez rendu il y a sept ans; ne vous en prenez qu'à vous même si je ne vous ai pas soldé plus tôt.

» En disant ces mots, vous tiriez de votre secrétaire les bons en question; et du bout de votre doigt ganté vous agaciez cette même perruche bleue que je vois ici.....

» Ma stupeur fut au comble. Je m'attendais à être reçu, après sept ans, comme un homme aimé, on me traitait en marchand! Je pensai faire un éclat, la crainte me retint; je sortis la rougeur au front et la pâleur sur les lèvres; une fois dehors, je ne marchais pas, je courais. Mille projets de vengeance se présentaient en foule à mon esprit..... Je relus vos lettres, qui ne firent que m'irriter, je parcourus la ville et visitai mes amis pour me distraire; mon pied me reportait comme malgré moi à votre maison. Je ne fus pas longtemps à m'apercevoir qu'elle était montée sur un nouveau pied : vos gens y faisaient beaucoup de fracas; on y voyait des tapis, des meubles venus à grands frais, des glaces, des tableaux, tout ce qui indique le luxe. J'appris aussi que dans ce pays renouvelé sans cesse comme celui-ci par les arrivans de France, c'était à qui se mettrait sous l'aile de votre protection; que toutes les faveurs, les places étaient presque distribuées par vous dans l'île. Jeunes et vieux, crédules et sceptiques, tout le monde était à vos pieds. Ces récits faits en passant, heurtés, incomplets, m'inspiraient de justes craintes; je jurai de m'en affranchir en pénétrant chez vous la nuit même, en obtenant de votre propre bouche l'aveu de votre nouvelle existence. Aucun nom d'amant n'était parvenu encore dans cette journée à mon oreille, personne ne s'était chargé de m'apprendre la vérité, soit que l'on me regardât comme un étranger, soit que les mesures à l'égard de votre secret fussent bien prises. Résolu d'en finir, je vous fis remettre un billet tracé au crayon; je vous y demandais un dernier, un indispensable rendez-vous. L'affront que mon amour avait subi le matin me donnant le droit de l'exiger, je ne m'arrêtais point aux prières. A minuit, votre porte devait s'ouvrir, vous deviez me recevoir sans témoins, comme autrefois!

» Votre lettre ne se fit pas longtemps attendre, et, je dois le dire, j'en fus surpris.

» En posant le pied sur le seuil de votre maison, je me rappelai que j'en avais été presque chassé le matin; j'étais encore sous le poids de cette douleur, j'allais enfin avoir la clef de cette bizarre énigme; dût-elle me frapper au cœur, la vérité me semblait préférable à l'ignorance de mon sort.

» J'entrai à la lune dans vos jardins; la fraîcheur du soir les embaumait; votre mulâtresse fut mon guide. Après avoir traversé plusieurs salles, elle s'arrêta dans la pièce où vous m'attendiez; c'était précisément celle où vous m'aviez reçu le matin; sa vue ralluma bientôt ma rage. Je tirai de ma poche le portefeuille où je m'étais vu contraint d'enfouir vos billets de banque; je vous le présentai tout ouvert en vous demandant si vous aviez voulu vous jouer de moi, et par quel motif vous en étiez descendue à cette injure? Le front haut, les bras croisés sur ma poitrine, je vous interrogeai à coups si pressés que vous ne sûtes d'abord que répondre. Le bruit de ma botte, il m'en souvient, faisait alors gémir le parquet; vous gardiez un froid silence. Toutefois votre admirable génie de comédienne vous reprit dès que je me laissai, comme un enfant, aller aux sanglots à la suite de cette violente sortie. Je pleurai...., ne fallait-il pas une issue à ma colère! Vous me répondîtes que la seule crainte du monde avait pu déterminer votre action du matin, que vous aviez tenu à me payer le prix de ce collier *pour votre mari*. Mais, vous répondis-je, autrefois vous ne me parliez pas de M. de Langey!

» — C'était chose naturelle, reprîtes-vous; alors il n'avait reçu aucun avis, il n'était pas jaloux, et surtout il n'avait pas comblé à mon égard la mesure des sacrifices. M. de Langey m'aime, monsieur, et dans ce moment encore il ne visite Saint-Domingue que pour des intérêts graves, un procès qui menace, dit-il, ma fortune. En s'éloignant de moi, vous pouvez croire qu'il a pris tous les moyens nécessaires à son repos; ses amis sont devenus ses espions, je suis gardée à vue; et si je me dévoue une dernière fois à vous recevoir, comme vous le demandez, c'est que vous allez vous-même au-devant de mes désirs. J'avais, monsieur, à vous demander mes lettres. Voici les vôtres que je viens de jeter au feu.....Désormais, rien de commun entre nous; ainsi que vous le disiez, cette entrevue demandée est la dernière.

» Un pareil discours devait mettre le comble à mes étonnemens de la journée; il venait de bouleverser ma raison et de retourner dans mon cœur ce fer aigu que vous y aviez plongé.

» — Un tel aveu, m'écriai-je, et après sept ans d'absence! Me revoir ainsi! Ah! Caroline, vous raillez. Partir, parce qu'il vous a pris fantaisie d'aimer cet homme! Partir, parce que vous l'aimez! Renfermer en moi cet amour et l'entendre rugir perpétuellement dans mon âme comme le lion dans sa caverne! oh! jamais, jamais! Je ne vous aime pas comme un autre, moi: je ne vous poursuis pas de madrigaux, je n'étends pas sur vous le parasol, je ne danse pas avec vous comme un créole qui imite le grasseyement d'un duc français; mais je sais traverser pour vous les plaines et les mornes, illuminer la nuit ma rivière de flambeaux pour que ses eaux vous charrient de l'or; mes richesses et mon industrie sont à vous. Ce voyage, c'est pour vous que je l'ai fait. Sept ans entiers j'ai souffert, j'ai courbé mon front pour vous. Et vous me dites de partir, et vous me demandez vos lettres! N'y comptez pas. Vous venez de brûler les miennes, c'est bien ; moi, je garde mes morts, je les relève après le combat ; je ne les brûle pas comme vous, mais j'en prends autant de soin qu'un médecin d'Égypte de sa momie. Oui, je tiens à vos lettres, madame la marquise, car des lettres parlent, ces cendres froides ont une voix. Il arrive un jour où les paroles qui couraient jadis douces et tendres sous la plume s'éveillent et bourdonnent contre l'ingrate comme autant de guêpes empoisonnées. Oh ! non, non, jamais je ne vous rendrai vos lettres !

» Disant ainsi, je froissais encore avec plus de fureur entre mes doigts votre odieux portefeuille ; si la flamme ne se fût pas éteinte depuis longtemps dans votre foyer, je l'eusse jeté au feu. J'y portai la main pour déchirer les billets, la vôtre m'en empêcha..... Je reparlai d'éclat, de vengeance ; j'étais hors de moi, ce mot de *départ* fouettait mon sang.

» — Non, je resterai, je ne vous quitterai pas, repris-je avec une sorte de frénésie ; qu'ai-je besoin de partir ? Ce n'était que pour vous que je voulais accroître ma fortune ; j'étais un chercheur de pierreries, un lingot d'or ; vous m'avez sous la main, gardez-moi, vous ai-je fait défaut après sept ans ? J'attendrai auprès de vous le retour de votre mari ; mais que Dieu vous sauve tous les deux de ma colère !

» J'avais prononcé ces paroles avec un accent de rage si impérieux, si hardi, que vous eûtes peur..... M'enlaçant de vos baisers, vous ne rougîtes point de jouer avec moi le rôle d'une courtisane ; mes artères battaient, ma poitrine était en feu, vous m'entraînâtes près de vous pour me calmer, en m'appelant des noms les plus tendres.

» — Oh! si tu pouvais lire au fond de mon cœur, toi qui m'accuses! disiez-vous au milieu de nos doux embrassemens; si tu pouvais connaître mon désir ardent de m'éloigner avec toi, de devenir libre! Le suis-je, enchaînée à *lui* par une union qui me pèse? N'est-ce pas *lui* qui m'a achetée? ne suis-je pas son esclave? Hélas! la pauvre fille de Dunkos que l'on vend au marché, un carcan de fer au cou, n'est pas plus à plaindre que moi! Que ne m'est-il donné de te suivre dans ces déserts que l'industrie espagnole a transformés en villes florissantes! Tio-Blas! que ton peuple me semble grand! Insatiable de richesses, il a frappé cette terre du pied, et sur cette terre a germé l'or. Raconte-moi, je te prie, les voyages de ce Christophe que Ferdinand et Isabelle d'Espagne nommèrent *l'amiral de l'Océan*, l'histoire du grain merveilleux de la rivière d'Hayna[1], que Bodavilla

[1] « Un jour que les esclaves indiens déjeunaient sur le bord de la rivière Hayna, une femme s'étant avisée de frapper la terre du bâton qu'elle avait à la main, elle ressentit quelque chose de dur; elle regarda et vit que c'était de l'or. Elle le découvrit entièrement, et surprise de la grosseur de ce grain, elle jeta un cri qui fit accourir François de Goray, lequel n'était pas fort loin.

» Il ne fut pas moins surpris que ne l'avait été l'Indienne, et dans le transport de sa joie, il fit tuer un porc et le fit servir à ses amis sur ce grain, *assez grand pour tenir la bête tout entière;* et il leur dit qu'il pouvait bien se vanter que les rois catholiques n'étaient pas servis en vaisselle plus riche que lui.

» Bodavilla acheta ce grain pour Leurs Altesses : il pesait

acheta pour la reine trois mille six cents écus d'or ; dis-moi la souveraineté castillane et son orgueil, les combats des Flibustiers, les trésors enfouis et toujours renaissans de la contrée. Ton amour, Tio-Blas, c'est un rêve étoilé des *Mille et une Nuits* ; tu m'aimes, dis-tu, mais pour me voir toujours splendide et belle, n'est-ce pas ? tu m'aimes comme un brillant magicien aime sa statue animée ? Tu voudrais me voir, Tio-Blas, couverte de perles, radieuse de ces belles étoffes qu'on ne fabrique qu'à Damas, escortée d'hommages et d'admirations jalouses ? Encore une fois, Tio-Blas, que ne suis-je libre ! tu serais le seul arbitre de mes destinées, tu ne verrais plus entre nous deux surgir un fantôme. S'il faut te l'avouer, je suis malheureuse..... Écoute..... oh ! oui, je n'aime que toi ! Mon mari est léger, présomptueux ; il m'accable de reproches ; il ne fait rien de ce qu'il devrait tenter, il se refuse à prendre du service ; il est mal en cour. Je voudrais que tu fusses juge entre lui et moi : tu verrais quels emportemens insensés,

3,600 écus d'or, et les orfèvres, après l'avoir examiné, jugèrent qu'il n'y en aurait pas plus de 300 de déchet à la fonte. On y voyait bien encore quelques petites veines de pierres, mais ce n'était guère que des taches qui avaient peu de profondeur. Enfin il ne s'est jamais vu nulle part un pareil grain, et l'on peut juger combien cette découverte anima les espérances de ceux qui s'occupaient à la même recherche.

» Ce fameux grain fut englouti par les vagues, en 1502, au milieu d'une tempête qui fit périr vingt et un navires chargés d'or. »

(*Mémoires de dom Nicolas Ovando*, commandeur de l'ordre d'Alcantara.)

quelle folle jalousie! Il a parlé de m'emmener en France, de me faire quitter la Guadeloupe; ses exigences sont plus fortes de jour en jour. Croirais-tu que je me suis souvent prise à rêver que j'étais devant un autel; tu m'y donnais la main, j'étais agitée de mouvemens vifs et confus; *il* n'était plus là, j'étais libre!..... A toi seul ma vie, mon amour! m'écriais-je en te couvrant de mes baisers. O douleur! ce songe devait crouler avec le réveil: loin de me retrouver, comme aujourd'hui, émue, délirante entre tes bras, je me surprenais contrainte, inanimée dans les siens! Alors seulement je pouvais sonder l'abîme qui nous séparait, entrevoir sa profondeur! toute prospérité m'était interdite avec toi, je n'avais plus qu'à mourir!

» — Mais il est à Saint-Domingue? interrompis-je.

» — A Saint-Domingue, je te l'ai dit, et dans huit jours je l'attends.

» — Ainsi notre bonheur sera troublé, nous n'aurons plus un seul instant de repos!..... il va s'abattre ici sur notre nid comme le vautour! A quoi bon mes veilles, mes privations, mes souffrances? Caroline, vous me dites tard la vérité. M. de Langey, quand je suis venu ici il y a sept ans, était moins jaloux, moins soupçonneux. N'importe, votre bonheur avant tout... Oui, je m'éloignerai, je partirai; dans quelques heures, je vous aurai quittée encore une fois! Aussi bien, ne suis-je qu'un misérable exilé de ma terre natale, mon sort est d'errer ainsi qu'un juif maudit!.... Au revoir, madame; le jour qui tombe à vos rideaux m'avertit lui-même de partir. Caroline, adieu!

l'amour d'un Espagnol est moins flexible que la lame de son épée, mais il tue comme elle, sachez-le!

» Je venais de m'envelopper de mon manteau ; je m'élançai à travers votre jardin, où gazouillaient déjà les ramiers. La même mulâtresse m'accompagna. A travers la brume de l'aube j'arrivai jusqu'au navire sur lequel j'avais retenu passage ; j'avais encore à mes lèvres le parfum de vos baisers. Vos promesses d'amour me rassuraient, votre tristesse menteuse m'avait touché ; dans mon cœur fermentait déjà la vengeance. J'avais hâte d'arriver à Saint-Domingue, de provoquer M. de Langey ; je le voyais debout devant mon épée, je le tenais vaincu ; je l'avais à ma merci..... Comme un homme encore étourdi des vapeurs du vin et dont les souvenirs se heurtent confus, je me rappelais à peine les détails de ma nuit, quand le capitaine me demanda mon passeport. Je l'avais serré la veille dans mon portefeuille, ce portefeuille laissé chez vous et que vous aviez refusé d'accepter malgré mes instances. Il m'eût semblé honteux de reprendre cet or à l'aide duquel vous eussiez effacé jusqu'au premier souvenir de notre amour! Le capitaine ne m'en reçut pas moins à son bord sur la recommandation de quelques marchands, et nous partîmes.

» Quel horrible coup le sort me tenait en réserve à mon arrivée! nulle pensée humaine ne pouvait certes le prévoir! Moi-même, en entendant le tambour battre aux champs dans San-Yago, devais-je me douter qu'il allait s'agir du renversement entier de ma fortune? J'arrivais avec la soif de la vengeance, m'en remettant au hasard du soin de me faire trouver M. de Langey, et voilà qu'une semaine d'absence avait suffi pour me dépouiller à mon insu! Un ordre de la cour d'Espagne, dicté par la plus indigne fiscalité, signifiait au président de San-Domingo de faire sur-le-champ combler toutes les mines de l'île; il interdisait d'ouvrir des rameaux le long des rivières, d'exploiter les veines du sol, d'en vendre les produits aux Anglais. Les milices de San-Yago et du fort Saint-Jérôme étaient chargées de l'exécution de cette loi, qui mettait le sceau à ma ruine! Vainement les propriétaires avaient-ils réclamé contre ces iniques prétentions; vainement les juifs (et San-Domingo en contient un grand nombre) avaient-ils offert eux-mêmes des subsides au président; l'état déplorable de la colonie espagnole, connu déjà du conseil de Madrid, sans qu'il y eût porté remède, n'était même plus un argument à faire valoir. Comme une caravelle que le canon ennemi coule au fond de l'eau, ma cargaison d'or s'abîmait; la baie de Samana, celle de Yaqui et du Macabon, frappées elles-mêmes de cet interdit royal, m'apparurent bientôt protégées par le pavillon jaune de l'Espagne, que je fus tenté d'arracher de mes deux mains.....

» Ruiné, ruiné par ma propre patrie! m'écriai-je. Car ce ne sont pas des noirs qui m'ont cette fois volé, c'est une commission souveraine, un ordre du roi qui veut se réserver la Castille d'or! Nos ministres ne trouvent plus indispensable de passer la mer pour profiter des richesses de la partie espagnole! Ce n'était pas assez des départemens que la cour d'Espagne accorde ici à ses créatures, elle rêve tous les riches domaines d'Ovando! Malédiction et opprobre sur mon pays! Moi, noble d'Espagne, noble ruiné comme tant d'autres, je me suis fait marchand au lieu de mendier des faveurs près de la cour; j'ai préféré le labeur à l'indolence, les voyages au repos; et maintenant, parce que c'est le bon plaisir du roi, je me retrouve plus nu et plus pauvre qu'un muletier de Monte-Plata! Par San-Domingo! il n'en sera pas ainsi! Grâce au ciel, je connais les mines mieux que personne; quelques-unes se sont enfoncées dans les terres, d'autres reposent sur des monts dont l'accès est presque impossible; dans la cavité des mornes j'ai su ramasser le diamant; près du Bäo j'ai trouvé des émeraudes. Toutes ces pailles souterraines n'attendent que ma voix pour éclater; avec quelques esclaves je puis me remettre au travail! Le ciel m'est témoin que si je voulais bâtir ici un temple comme Salomon, temple de pierreries et d'agates, c'était pour cette femme, dont l'amour remplit ma vie! Me recevra-t-elle les mains vides? Allons, Tio-Blas, va te jeter aux genoux de l'évêque ton parent; demande-lui de te sauver, ou bien fais-toi tuer par le marquis de Langey, car il ne te reste que le souvenir de ta richesse et la honte de te voir tombé dans la misère, fier cacique, qui vendais 140 piastres un grain d'or de la rivière à un Anglais.

» Fuyant les roulemens précipités du tambour, j'étais arrivé près du Rio-Verde, mon ancienne source de richesses; mes noirs s'y tenaient encore les jambes dans l'eau et y ramassaient le sable dans les rainures cannelées de leurs sébilles. Il n'y avait guère que dix-huit à vingt esclaves ; l'ordre n'était point encore venu jusqu'à eux. Mon habitation s'élevait à peu de distance ; le fleuve lui-même formait sa ceinture : on apercevait de loin San-Yago, bâti sur un escarpement sablonneux. Monté sur un excellent *bayahondros*[1], j'avais atteint les limites de mes domaines, escorté de trois mulâtres, quand un commandant militaire espagnol déboucha tout d'un coup d'un taillis d'acacias et vint me prescrire impérieusement de faire retirer de l'eau mes orpailleurs. En même temps il fit placarder l'ordonnance aux poteaux de ma maison par deux de ses cavaliers. Trouvant peut-être que mes noirs ne mettaient pas assez de promptitude à se retirer, il ordonna à quelques gens de sa suite de leur distribuer des coups de plats de sabre : les femmes et les enfans, employés principalement à ce travail riverain, poussèrent d'horribles cris..... La fureur me saisit ; je me voyais non-seulement dépouillé de ma récolte, mais on maltraitait mes propres esclaves devant moi..... A la vue de mes négresses dispersées comme une troupe de grues craintives, et dont l'épaule de quelques-unes saignait, je ne me contins plus ; je piquai des deux vers le poteau, et je déchirai l'ordonnance.... Il n'y eut qu'un cri d'étonnement : le commandant militaire courut vers moi ; mais, à la faveur de ma monture, je fus bientôt hors de sa portée..... Le vent de la mer soufflait fortement ; je courais aussi rapide que lui,

[1] Cheval.

poussant mon cheval par les graviers et les herbes. Le capitaine n'avait pas osé faire feu sur moi; il avait assez de peine à contenir l'exaspération de mes nègres. Peu de temps après ma fuite, il s'était vu cerné, lui et ses hommes, par un grand nombre de noirs armés de couteaux, qui arrivaient aux autres comme renfort. Le bonheur voulut qu'une escorte de trente à quarante dragons-jaunes vînt le rejoindre. La minute d'avant il suppliait ; une fois délivré, il donna le cours le plus violent à sa rage. Sans respect pour les droits de la propriété, il entra dans ma demeure à la tête de tout son monde, pilla mes coffres de la façon la plus insolente, brisa mes glaces, mes cristaux, et, me déclarant déchu de mes droits au nom du conseil militaire, il se rua sur mes vins, après avoir fait occuper par ses complices les avenues de mon parc. Vainement mes gens opposèrent-ils de la résistance, ce déploiement de forces dans une habitation assez lointaine de la ville les intimida. Ils se dispersèrent pour me chercher, abandonnant mes meubles à l'ennemi.

» Quand je me déterminai à revenir, harassé de ma fuite et de ma colère, le soleil avait tout à fait quitté l'horizon, et cependant une bande de couleur rouge encadrait le paysage. Ma tour se dressait comme un géant sur ce fond ardent enflammé; j'approchai au pas, et je vis que le feu en avait calciné la pierre. Une fumée compacte se répandait et se résolvait sur elle-même dans ma cour, les misérables avaient tout brûlé indistinctement dans leur ivresse, fauteuils, images de saints, nattes, coffrets. Cinq noirs, plus morts que vifs, étaient garrottés aux piliers de ma cour, ils m'apprirent bientôt tous les détails de cette horrible vengeance. Mon argent, ma vaisselle, mes bestiaux avaient péri. Je fus me jeter aux pieds de l'évêque Don Fernando del Portillo mon parent, qui me rit au nez en me demandant pourquoi je m'étais rebellé contre la force publique. Mon exemple, continua-t-il, était devenu si vite contagieux que ces représailles étaient toutes simples. Pour lui, dégagé de toute administration terrestre, il me conseillait la patience et le mépris des biens qui m'avaient valu ce rude assaut.

» La stupidité et l'indifférence de mon parent m'irritèrent au dernier point. Don Fernando était loin d'avoir oublié les torts de ma jeunesse, je le savais ; il me considérait comme un aventurier, un homme qui était venu s'abattre dans l'île. Mais en dépit de lui-même, je devais obtenir justice; n'avait-on pas indignement outragé en moi les colons et les marchands? J'eus recours aux autorités, qui firent traîner mes poursuites en longueur ; à la fin, ne dominant plus mon ressentiment, abandonné de tous, ruiné, pensant que je ne vous verrais plus peut-être, je me résolus à essayer d'une vie nouvelle, à mettre encore plus bas sous mes pieds, par une sanglante ironie, cette noblesse qui ne me servait à rien. L'évêque Don Fernando, le ministre de Dieu invoqué par moi, ne m'écoutant pas, j'invoquai Satan, et sa voix me répondit..... De toutes mes richesses, je n'avais conservé que les cinq nègres trouvés au milieu des décombres de mon incendie, les autres avaient profité du désastre pour reprendre leur liberté. Façonnés par moi, ces cinq hommes devinrent bientôt des démons..... Comme un hibou sinistre, je plaçai ma nouvelle demeure loin de toute case habitée, près des rocs, dont les plus élevés se perdent jusque dans les nues. Je rejoignais mes hommes à la tombée de la nuit dans la plaine du Morne-Noir; là, nous nous partagions la besogne. C'était une caravane de mulets chargés de café, d'autres fois des soldats espagnols armés que nous dépouillions sans coup férir, car je nourrissais si bien la haine générique de mes noirs qu'ils se seraient fait égorger. J'avais choisi la plaine du Morne-Noir, parce que les pierres y rendent la poursuite pénible; dans les monts voisins, sur la gauche, se trouvent des mines de cuivre, je laissais mes hommes y travailler le jour; le soir ils me revenaient avides de butin. Je me savais perdu, sans ressource, sans nul espoir d'être un jour à vous par les nœuds que je rêvais. D'un autre côté, je vous savais avide, luxueuse, insatiable; ma résolution fut bientôt prise : je me fis voleur, voleur de diamans, voleur d'or! On avait comblé mes mines, je m'ouvris d'autres mines souterraines. Grâce à l'évêque de Santo-Domingo, il m'était permis de pénétrer à toute heure dans la cathédrale, j'affectai un recueillement si profond que souvent les porte-clés m'y oubliaient. La coquetterie et le luxe dont notre culte environne les statues me parut une chose utile, je ne reculai point devant un sacrilége presque journalier, le détournement des couronnes de diamans que portent nos madones. Les châsses d'argent, les images, rien ne fut à l'abri de mes atteintes impies. Nulle flamme cependant ne sortait du tabernacle, nul fantôme de saint ne se levait; et moi, misérable enfouisseur, après avoir chargé sur ma mule tous ces trésors, j'allais procéder à leur fonte avec mes noirs au sein des montagnes. La moitié de mon or payait ma troupe; l'autre partie, dont je savais seul la cachette, devait servir à me racheter de ma ruine à vos yeux. Je ne vous eusse jamais avoué que j'étais un mendiant!

» Cette vie infâme m'avait tellement absorbé que j'en avais presque oublié ma haine...... L'image de votre mari ne se présentait plus à moi, ou du moins la vôtre se plaçait si délicieusement devant la sienne que je ne ressentais plus rien de ces frémissemens jaloux, de cette fièvre insensée qui me transportait à son nom seul..... Accoudé contre un rocher, je me surprenais, au milieu de veilles terribles, à suivre des yeux une étoile sur la voie lactée du ciel, je lui donnais votre nom, je maudissais les nuages envieux qui me la cachaient..... Mes noirs, habitués à m'obéir, attendaient souvent mon signal et demeuraient hébétés de me voir ainsi muet; quand je secouais ma rêverie, mon regard leur faisait peur. Aucun n'eût songé à me dénoncer, pas un ne me comprenait!

» — Viendrez-vous demain à la Concha? me dirent-ils un soir, il y aura, maître, plusieurs Anglais débarqués de *l'Ariane*..... le navire en rade qui nous est venu de la Guadeloupe il y a deux mois..... C'est à la Concha, vous ne pouvez l'avoir oublié, que se font tous nos marchés..... Et puis on y danse, il y a des mulâtresses ! Allons, maître, venez, *peque el nino, pague la familia*[1] ! Vous trouverez là peut-être quelques officiers de justice à secouer..... Le grand saint Dominique d'Espagne a mal inspiré son *fils* le conseil de Madrid, c'est à sa *famille* à nous en rendre raison !

» Je leur promis machinalement de les suivre. Le lendemain en effet j'abordais seul avec un mulâtre le trou de la Concha, où ils dansaient.....

» S'il faut vous le dire, j'éprouvai, en arrivant dans ce lieu, je ne sais quel pressentiment sinistre ; c'était un ramas digne de l'enfer. Imaginez cinquante à soixante nègres espagnols réunis dans une vieille case aux planches crevassées : il y a de la fumée, des danses, d'horribles cris. Là, c'est un marchand qui en pipe un autre en jurant sur des reliques ; ici des enfans noirs accroupis devant un grand feu de broussailles se trichent en jouant aux dés. J'y vis aussi des juifs, mais si pauvres, si cassés par la frayeur plus encore que par l'usure, qu'ils semblaient venir sous le couteau échanger quelques marchandises avec les colons assez hardis pour aborder pareil lieu.....Des mulâtresses et des femmes de la partie espagnole y chantaient auprès de matelots ivres ; l'uniforme de quelques officiers anglais tranchait seul sur ce tableau..... Un étranger introduit dans cette caverne pouvait se croire entouré d'ennemis ; aussi les précautions des visiteurs étaient, je vous jure, bien prises. Presque tous les arrivans étaient armés de pistolets ou de carabines.

[1] Que le fils pèche, la famille doit le payer.

Pendant que le rhum et l'eau-de-vie circulaient sur les tables, les hommes de la colonie faisaient leurs marchés : on n'entendait parler que de balles de sucre, d'indigo, de mines de fer. Je regardais ce long ruban de damnés, plus horrible cent fois que celui de la fresque de Michel-Ange, quand j'entendis vibrer près de moi une voix douce, une voix qui me parut celle d'une femme, tant les notes m'en semblèrent grêles et abaissées..... Étonné qu'une femme osât aborder cet antre, je me retournai vers la table d'où la voix partait, et je ne tardai pas à reconnaître un jeune homme au visage livide, au teint fiévreux, qui causait avec sir Crafton, le capitaine de *l'Ariane*.

» — Vous êtes fou, marquis, reprenait le capitaine, puisque les mines d'or de la partie espagnole n'offrent plus la moindre chance et qu'il n'y a rien qui vous retienne, il est décidé que vous partez avec moi. Je lève l'ancre demain, et si je ne vous ramène à la Pointe-à-Pitre, je ne veux plus me nommer sir Crafton !

» — Capitaine, — répondit le jeune homme, interrompu de temps à autre par la toux sèche que donne le mal de poitrine parvenu à son extrême période, — capitaine, je ne vous suivrai pas..... Songez que ce n'est que pour après demain que le juif Nathaniel m'a promis..... Je sais qu'il se glisse dans la Concha des *petits blancs* qui font le commerce ; mais, sir Crafton, il me faut deux cent mille livres.....

» — Deux cent mille livres ! peste ! mais cela est

gigantesque, mon cher marquis ; cette femme-là mangerait donc la Jamaïque !

» — Ses dettes s'élevaient à deux cent mille livres, sir Crafton, lorsque je l'ai quittée ; depuis ce temps, mon ami, pas une lettre, et Dieu m'est témoin !.....

» Ici un accès de toux plus violent, produit sans doute par le brouillard opaque des cigares et des pipes dans cette masure, l'empêcha de continuer. J'attendais avec avidité qu'il reprît ce dialogue.

» — Capitaine, dit-il, voici, je crois, le juif Nathaniel, appelez-le.

» — Holà ! Nathaniel, s'écria sir Crafton en frappant la table de son poignard de capitaine. Ne viens-tu ici que pour voir danser la *tumba ?*

» Le juif s'avança vers eux avec une expression de douleur hypocrite que rien ne peut rendre. Ils parlèrent tous trois à voix si basse que je ne pus rien saisir de ce qu'ils disaient..... Tout ce que je compris, c'est que le jeune homme, malgré ses instances, ne pouvait déterminer Nathaniel, l'usurier le plus roué de Léogane. La fureur brillait dans son regard, il aurait déchiré le juif en morceaux si lui-même n'eût pas été si faible.

» Quand il se fut perdu dans la foule des noirs :

» — Parbleu ! s'écria sir Crafton en regardant de mon côté et en élevant sa main au-dessus de ses yeux, voilà un homme qui fera votre affaire, c'est un marchand de la partie espagnole..... mon cher Langey !.....

» A ce nom, qui réveillait en moi tant de souvenirs, je me dressai droit et debout contre la muraille, comme si le dard de quelque aspic m'eût touché; puis je retombai pesamment sur ma chaise de paille..... Si le capitaine ne l'eût pas prononcé, ce nom, je n'eusse jamais reconnu peut-être l'infortuné qui le portait : sa pâleur était devenue effrayante, c'était celle d'un alchimiste fatigué d'user sa vie à un souffle stérile devant des creusets menteurs. Il me regardait sans me reconnaître davantage sans doute, car moi aussi j'étais changé!..... Le capitaine, qui m'avait souvent pris à son bord sous le nom de Tio-Blas, me le présenta comme un de ses amis qui désirait emprunter pour une affaire. J'écoutai sans répondre, je parus indifférent. Il entrait dans mon plan que ce rival, dont vous m'aviez tant parlé, distillât goutte à goutte devant moi toute sa vie; que sa jalousie, dont vous m'aviez fait un tableau si noir et si chargé, se fît jour devant moi par quelque issue; je me nommai, je lui promis de l'aider. Mon nom lui revint à la mémoire, il me regarda, il prit ma main; la sienne était inondée d'une sueur froide.....

» — Vous m'avez vu à la Guadeloupe, me dit-il, je puis me confier à vous, je suis ruiné! Comme autant de brins de paille jetés au feu, j'ai consumé une à une les heures de ma vie, tantôt à des projets de fortune formés pour *elle*, tantôt à des emprunts que je ne pouvais soutenir. Elle, toujours elle! oui, je l'aime, mais d'un amour saint et profond, d'un amour que j'ai ressenti s'accroître encore par l'absence! Oh! les témoignages de sa tendresse ne m'ont point manqué, elle m'aime; la naissance d'un fils n'a-t-elle point scellé notre bonheur? Je voudrais racheter son existence compromise par tout ce qui me reste de sang! Si vous me prêtez cette somme, monsieur, vous m'ôtez le poids des souffrances : ma misère future me poursuit comme une honte..... Songez qu'à l'heure qu'il est des gens de justice peuvent venir enlever ma femme au sein d'un bal; que moi, son mari, son défenseur, je ne suis plus là; que peut-être en ce moment on l'assiége d'hommages; qu'on rampe devant elle avec de douces voix, et que demain ces mêmes hommes, la voyant pauvre, l'écraseront d'un regard! Il y va de ma vie et de la sienne, songez-y. Ma famille ne veut rien faire pour moi; j'ai soutenu avec la cour une lutte inégale, je devais succomber, sir Crafton vous le dira. Mais les temps venus, mes droits à l'héritage de mon père vous seront cédés, je suis prêt à passer par ce que vous exigerez; ou si vous me refusez, comme le juif Nathaniel, je me tuerai avec le poignard de sir Crafton, monsieur; ce poignard d'un noble officier tranchera de nobles jours!

» Il avait baissé la tête, et il soupirait profondément. Il y avait dans ces soupirs étouffés, dans ce découragement amer, un motif de joie infernale pour moi, froide statue qu'il suppliait; je m'enivrais complaisamment de cette douleur, je croyais assister à la décomposition d'un cadavre.....

» — Pouvez-vous me prêter cette somme, *oui* ou *non?* me demanda-t-il. Je ne répondis pas, j'étais altéré. Cet homme vous aimait, et il venait me le dire insolemment! Ce n'est pas là le langage d'un mari, c'était la passion d'un amant avec toutes les angoisses, les combats qui déchirent l'âme.....

» Tout d'un coup, me voyant muet, il fit un effort sur lui-même et s'écria :

» — Eh bien, sir Crafton, j'y suis résolu, je pars demain pour la Guadeloupe!

» — A la bonne heure, répondit le capitaine en buvant un verre de rhum.

» Il avait annoncé ce départ à sir Crafton d'un ton de voix si ferme que je pâlis moi-même rien qu'à l'entendre..... Je craignis qu'il n'échappât..... L'infernale ronde qui s'agitait autour de nous durait encore; c'était une rotation à donner le vertige, un pêle-mêle nocturne et terrible, dans lequel j'apercevais çà et là les grands yeux blancs de mes nègres, le plumet des officiers anglais, la figure des marchands et les mouvements animés des mulâtresses..... Toute cette vapeur me montait insensiblement au cerveau: l'atmosphère était imprégnée de vices, de meurtre, de guet-apens. Mon regard demeurait fixe, ma tête pesante, je ne pouvais croire encore à ce que je venais d'entendre; ce fut seulement alors que je m'aperçus qu'il m'avait tourné le dos.....

» Il causait avec sir Crafton en lui montrant un portrait enrichi d'un cercle de perles.....

» — *Señor capitan*, dit un nègre en s'avançant, voici un facteur noir qui veut vous entretenir. Vous savez, ajouta-t-il à voix basse et en se penchant à l'oreille du capitaine, que s'il vous offre en causant des bananes trempées dans l'huile, ou tout autre mets, vous n'avez pas le droit de les refuser. Nous sommes ici à la Concha; c'est la règle, ce serait faire insulte à la société.....

» — Excusez-moi, marquis, reprit le capitaine en se levant, je reviens dans la minute. Et il s'en fut causer dans un coin de cette cahute enfumée avec le facteur.

» — Malédiction ! m'écriai-je sourdement en regardant alors par-dessus l'épaule du marquis, c'est le portrait de Caroline !

» Ce portrait, il le baisait avec une sorte de frénésie. Alors, seulement alors, je caressai la *manchela*[1] retenue à ma veste par une chaîne d'argent, et je m'agitai convulsivement derrière sa chaise.

» Pour vous donner idée de l'étrange police établie dans ce bas lieu, sachez que huit nègres attachés comme domestiques à ce trou de la Concha ont l'ordre de se tenir perpétuellement contre la muraille, à laquelle sont collées quelques chandelles. A la première dispute survenue entre les marchands ou les danseurs, ils soufflent sur les lumières, on tire les couteaux, et alors on se frappe souvent au hasard. Or, pendant que sir Crafton s'entretenait d'affaires avec le facteur au coin opposé de celui qu'occupait alors le marquis, plusieurs des noirs lui ayant offert des bananes préparées dans l'huile, ainsi que je vous ai dit, il les jeta violemment par la fenêtre..... L'aube blanchissait, et un reflet blafard éclaira sa figure quand il referma le volet.....

» *Aux chaises!* cria-t-on, *aux chaises!* il nous a fait une injure ! c'est un misérable, un Anglais !

» Les chaises tournoyaient déjà dans toutes les

[1] Couteau.

mains ; sir Crafton et ses officiers s'étaient vu désarmer, lorsqu'à l'aide de mes noirs je trouvai moyen de protéger le marquis et de le soustraire à leur rage. Mais ce n'était que pour mieux m'assurer de sa parole ; je le tirai à l'écart sous un bouquet de pins et de gayacs, puis je lui dis :

» — Marquis de Langey, il faut que tu me donnes ce portrait que tu tiens là !

» Sa pâleur devint effrayante. Il porta la main à son flanc gauche, mais il n'y trouva qu'une légère épée à la dragonne ; il la tira, je la lui arrachai, elle rompit comme une paille sur mon genou.

» — Le portrait !'! m'écriai-je en le lui saisissant avec furie. Et maintenant, marquis de Langey, jure-moi sur Dieu et sur le Saint Évangile que tu ne reverras jamais ta femme ; sinon, vois-tu , par san Domingo, tu es mort !

» — Misérable ! hurla-t-il en sautant sur moi avec un rugissement étouffé et en saisissant un de ces pistolets qui étaient alors comme aujourd'hui pendus à ma ceinture, tu vas mourir avant moi !

» En même temps il lâcha le chien..... la balle alla couper la feuille dentelée d'un palmiste.....

» — Marquis de Langey, à moi la femme et le portrait ! m'écriai-je, à Dieu ton âme ! Et je lui plongeai la lame de ma *mancheta* dans la gorge.

» Sir Crafton, sur un signe de moi, recevait alors le même traitement de mes noirs.....

» Jusque-là je n'avais pas tué, mon Dieu !.....

. . . .

Tio-Blas reprit après une pause glaciale de quelques secondes, et sans que la marquise, anéantie de frayeur, pâle, regardant avec un œil hébété, pût trouver seulement la force de l'interrompre :

« Nul habitué de la Concha ne s'était ému de pareille scène. Pour la plupart, ils ne se donnèrent même pas la peine de l'approfondir ; ils crurent que c'était une vengeance, de justes représailles à l'égard d'un capitaine anglais et de ses officiers. C'était au profit des Anglais, disait-on, qu'on avait fermé les mines. Le jour venait, et tous ces vautours avaient à cœur de regagner leurs repaires... Vis-à-vis de ce ciel d'un gris d'ardoise qui m'éclairait, les mains chaudes encore d'un meurtre, immobile devant le corps du marquis, dont les yeux ouverts me regardaient, je sentis s'opérer en moi une horrible révolution ; je compris ce que je venais de faire, une action lâche, infâme, que je ne me pardonnerais de ma vie. — En vérité, j'eus peur du ciel, peur de Dieu, peur de moi-même !

» — Du moins, m'écriai-je, si je l'eusse tué en duel, si mon épée eût rencontré son épée ! Mais non, je me suis jeté sur lui avec la fureur du tigre ; j'ai versé le sang d'un homme qui n'avait d'autre tort que d'aimer celle qu'il avait choisie et de souffrir pour elle mille supplices ! Le voilà mort loin d'elle et de son pays, sous un ciel qui n'est pas le sien ! mort après une vie de misère comme la mienne ! Aujourd'hui, dans une heure, il comptait mettre à la voile, et maintenant le voilà gisant à terre, près de ce capitaine de navire qu'il accompagnait !

» Et je frappais ma tête, puis ma poitrine ; je renvoyais aux mornes excavations de ces rochers de lugubres cris. Mes cinq noirs me regardaient stupidement en essuyant leurs couteaux sur les feuilles d'un latanier.

» Jamais peut-être M. de Langey ne m'avait paru plus beau qu'à cette suprême entrevue. . . . .

A l'admirable mélancolie de sa figure avait succédé la pâle blancheur de la mort ; le sang inondait sa cravate blanche et les paremens de son uniforme de marin : il aimait, vous le savez, à porter cet habit quand il voyageait sur mer. Son gant droit serrait encore avec force la chaîne du médaillon : c'était une chaîne formée de vos cheveux ; cette vue ralluma toute ma haine. Je ne craignis point d'écarter les doigts du marquis et de leur ravir cette dernière relique...... Il portait encore la croix de Saint-Louis sur la poitrine : cette croix, je la foulai sous mes pieds......

Je le considérais comme l'auteur de tous mes maux ; sans lui, je vous faisais la maîtresse absolue de ma vie : il était de trop entre nous deux, il devait mourir !

» J'ignorais qu'en ce moment même, heure de crime et de suprême agonie, vous le trompiez ainsi que moi !......

» La cloche de San-Yago, sonnant au loin, appelait les colons à l'église...... Cette cloche matinale retentit comme un glas funèbre à mon oreille ; elle me fit souvenir que j'étais chrétien ; l'homme que j'avais tué était mort sans prêtre, sans sacremens, sans prières ! Il s'agissait de faire disparaître le corps. — Je ne pensais plus, je vous jure, à celui de sir Crafton, qu'en sa qualité de protestant j'avais déjà fait jeter par mes nègres au fond d'une soufrière, en cette plaine isolée..... — Mais Langey était mon frère, Langey était de la même religion que moi son assassin! Il serait impossible de le présenter à l'église espagnole, cela était vrai; mais je ne saurais non plus me faire à l'idée que la terre où je marchais pût recéler sa dépouille : chaque plaine, chaque pierre ne crierait-elle pas contre moi? Quelle vie mènerais-je sur cette lande inculte? quels remords, quelles tortures, si je l'y savais près de moi, ombre implacable, terrible! Et quand je vous entraînerais vous-même, — comme je l'espérais déjà, — dans ma nouvelle demeure pour y partager mon sort, ce mort, si voisin de nous, ne pourrait-il se lever?

» En proie à ces pensées, je donnai l'ordre à deux de mes hommes de charger le corps sur une mule et de m'accompagner vers la partie française de l'île, à la ville de Saint-Marc. Je connaissais le curé de cette paroisse; je le savais bon, crédule : je l'aborderais en lui disant que votre mari avait croisé le fer contre sir Crafton; que l'Anglais l'avait tué et avait fui vers les mines de Cibao. De cette façon, M. de Langey serait enterré en lieu saint; la voix de ma conscience ne me crierait plus : « Impie! »

» Ce voyage dura cinq jours. Je montais un coursier de nos hattes; mes deux noirs suivaient avec un mulet en laisse, caparaçonné de noir. Je ne saurais vous dire par quels épouvantables remords je me sentis le cœur labouré durant cette route : il me semblait que tout le monde dût lire mon crime sur mon front. Ce crime odieux, je ne l'avais commis que pour vous : aussi, par les brûlantes savanes que je parcourais, vous retrouvais-je incessamment à mes côtés comme un mauvais ange... Vous me paraissiez, dans de sinistres visions, heureuse de cette délivrance ; vous me tendiez les bras, et je m'y précipitais comme dans une anse où le vent du remords ne soufflerait pas !

» Le curé de Saint-Marc me crut ; il reçut mon offrande pour le service funèbre, où j'assistai seul avec mes deux compagnons. Le terrain payé, je partis ; l'air que je fendais sur les monts, l'horrible fardeau dont je me sentais affranchi, ramenèrent chez moi des momens de calme dont je profitai pour vous écrire. Vous savez ma lettre, je vous y racontais le duel de M. de Langey ; — ce duel était un mensonge !..... La seule vérité contenue dans cette lettre, c'était l'invariable amour dont je protestais, un amour, Caroline, dont vous ne pouviez soupçonner le désespoir !..... En effet, même en vous parlant de retourner bientôt près de vous, je savais que je ne le pourrais pas ; qu'outre les soupçons que ce prompt départ ferait naître, après ma déclaration du duel de M. de Langey au curé de Saint-Marc, je n'aurais jamais le courage de vous aborder pauvre, ruiné ! Il me fallait attendre un mois pour présenter aux orfèvres de l'île mes diamans de Bannique et de Saint-Jean ; larcins dangereux à monnayer, d'après les nouveaux édits du gouverneur, qui prévenait les colons de ces déprédations successives opérées par des hommes assez habiles pour demeurer inconnus. Faut-il vous le dire d'ailleurs ? je ne voulais pas me mettre en route avant d'avoir reçu de vous une première lettre; il me tardait de subir le contre-coup de ma nouvelle : l'impression de cette mort sur votre esprit m'inquiétait. Le silence que je vous vis garder me parut inexplicable; je m'épuisai en conjectures pour l'excuser, je me fis une loi sévère d'attendre encore : pendant ce temps les remords obsédaient mon cœur et le rongeaient. N'allez pas croire que je pusse dormir une heure seulement dans mon hamac, sous mon toit : je passais des nuits entières couché dans mon manteau, au pied des mornes..... Souvent les oiseaux lançaient des cris lugubres autour de moi; le sifflement des serpens ou des chauves-souris m'arrachait à un demi-sommeil; et alors, le front baigné de sueur, le visage en feu, je me dressais debout; puis je courais chez moi me laver les mains à la fontaine : je croyais toujours trouver du sang à ces mains !.....

» La fièvre, cette hyène qui rôdait autour de moi, m'étreignit si bien qu'à la fin je succombai. Je restai deux mois sous sa serre brûlante, à peine soigné par un mulâtre qui était mon domestique, rêvant de ce dont les damnés doivent rêver, vous appelant, ainsi que *lui*, dans mes nuits de douleur et de rage. Une fois, je vous vis guidant vers moi les soldats du gouverneur; il y avait un homme à qui vous donniez le bras, et cet homme, je crus le reconnaître... Il me regardait en souriant de pitié et en me montrant du doigt un spectacle terrible de mon enfance, dont j'avais gardé souvenir, c'était le bras desséché d'un chef de brigands supplicié près des roches d'Anduxar par ordre du roi d'Espagne. Il arrachait en ricanant, de ma poitrine, l'ordre de Saint-Jacques, ainsi que j'avais fait de la croix de Saint-Louis trouvée sur Langey; me déclarait noble, comme sur la sainte Trinité je le suis, coupable d'un crime, et me rejetait au bourreau!..... Vous, Caroline, vous riiez avec lui, vous aviez une robe de cour, vous partagiez la joie que lui causait mon supplice! Ce fantôme, ce n'était point le marquis, c'était un homme de cinquante années..... Je le croyais votre père dans mon délire!..... Ces deux mois passés, ma convalescence commença : ne recevant de vous aucune lettre, je partis. Débarqué à la Pointe-à-Pitre, l'accès de fièvre qui me reprit fut si fort qu'il me fit tomber devant la porte d'un café. Là, presque évanoui de fatigue, j'entendis prononcer le nom de votre mari; ce nom me tira de ma léthargie..... de ma douleur..... je levai la tête, comme s'il m'eût fallu répondre devant un juge. Parmi les jeunes créoles attablés dans ce café, nul ne m'interrogeait cependant, mais tous s'entretenaient de votre absence.

» — Elle a quitté la Guadeloupe, disait l'un, pour complaire à M. le contrôleur général; maintenant qu'elle est veuve, n'a-t-il pas sur elle les droits d'un mari?

» — C'est une vraie perte pour la colonie, reprenait un autre, la seule femme de la Pointe-à-Pitre qui sût convenablement le menuet!

» — Quel luxe! quelle opulence! continuait un troisième, quand je pense que M. de Boullogne a payé un matin, devant moi, à cette femme, une parure de vingt mille piastres, qu'elle devait rembourser à je ne sais quel marchand de San-Yago !.....

» — Nous avons fait une faute, messieurs. Laisser partir la marquise de Langey, et surtout quand elle a le bonheur de devenir veuve !..... Moi, j'allais me présenter !

» — Partie perdue, mon cher, elle épousera M. de Boullogne. Il y a d'ailleurs pour cela de bonnes raisons..... Mandé par le cabinet de France, M. de Boullogne s'est vu forcé de repartir. Mais la Rose, à Saint-Domingue, est sa propriété de prédilection, et puisqu'il y a caché sa colombe, Saint-Domingue le reverra.....

» — Pour mon compte, messieurs, je déclare M. de Boullogne un homme du bel air, légèrement voûté peut-être, cacochyme, mais né pour être grand seigneur..... Il fait les choses comme un ambassadeur de Louis XIV.....

» — Une noblesse de robe !

» — Oui, mais il a l'oreille du roi, et Mme de Langey a besoin d'un bras pour l'appuyer à la cour. Mme de Langey a beau être marquise, elle est ruinée, messieurs. Or, une marquise ruinée, qui a vingt-cinq ans et qui est belle, réfléchit..... Moi qui vous parle, j'ai connu particulièrement M. de Langey. Eh bien ! le digne mari se tuait, à la lettre, pour subvenir au train de sa femme. Comprenez-vous ce bel héroïsme, cette abnégation de soi-même pendant qu'un autre mettait tant de conscience à l'aider ?

» — Et aller se faire tuer en duel par un Anglais, après cela !

» Jusqu'ici j'avais écouté machinalement ; mais à

ces dernières paroles, qui entraient comme un fer brûlant dans ma plaie, je faillis me trahir et venger moi-même cette belle âme si injustement raillée par cet amas de discoureurs indifférens. Ils m'avaient à peine regardé, j'étais mal vêtu, j'avais le teint hâve, miné par la fièvre ; un garçon de café me mit quelques limons devant moi, j'y imprimai mes dents avec une sorte de rage.

» Eux continuèrent :

» — Ce pauvre Langey ! il n'y a que les rois et les maris, on a raison de le dire, pour ne rien savoir de ce qui se passe ! Je vois toujours la bienheureuse expression de sa figure quand il apprit, à son retour d'un voyage de six mois à la Martinique, l'accouchement de Mme de Langey ! Il paraît, du reste, que la délivrance de la marquise n'avait pas eu lieu sans peine ; elle fut, dit-on, en danger de perdre la vie... Oui, sans une négresse que M. de Boullogne envoya chercher à une lieue des Palmiers..... et qui sauva les jours de Mme de Langey.....

» — M. le marquis Maurice de Langey ne venait point au monde, tu as raison, Martial. En vérité, c'eût été là grand dommage !

» — Il vous eût fallu voir, vous autres, avec quel air de souveraine tranquillité M. de Boullogne présenta lui-même à Langey cet enfant, quand le marquis fut de retour, quelle joie orgueilleuse le pauvre Langey ressentit à l'embrasser ; et cependant, vous le savez tous, l'enfant était né débile, délicat ; on hésita longtemps à le baptiser, il fut élevé dans le duvet, quittant à peine son berceau..... soumis à la baguette des médecins..... Que voulez-vous ? l'enfant d'une jeune femme et d'un vieillard pouvait-il être robuste ? Je lui souhaite, Martial, de boire un jour le rhum comme moi !

» Celui qui parlait de la sorte vida son verre en effet, ses camarades l'imitèrent..... Pour moi, percé d'aiguillons aussi froids, aussi glacés que l'est celui du scorpion de nos îles, je sentais alors arriver à mes oreilles je ne sais quel bourdonnement, à mes lèvres je ne sais quelle écume..... Je portai la main à mon front : il était baigné de sueur..... une lumière nouvelle m'environnait, me montrait le fond d'un abîme ; je m'échappai du café en jetant une piastre sur le comptoir, ce n'était pas trop payer cette effroyable hospitalité d'un quart d'heure et les odieuses révélations que je venais d'acquérir !....

» Je savais tout, Caroline : vous m'aviez trompé comme Langey ; votre conduite m'apparaissait à cette heure sans aucun voile ! Vous m'aviez joué, dupé pendant sept ans ! vous aviez trafiqué de mon amour comme la plus vile des courtisanes ! Habituée à vivre au milieu de vos esclaves, blanche créole, vous m'aviez traité comme un de ces noirs qui meurent à la peine et que l'on regarde comme un produit ! J'avais enfin la clé de vos mystérieuses terreurs à mon approche, de votre amour intéressé à m'éloigner, de votre vie entière abîmée dans la muette contemplation de son égoïsme ! Ah ! vous ne m'aviez pris que comme un fruit que l'on jette à terre après en avoir pressé le jus ! Pendant ces mortelles années où vous me saviez luttant pour vous contre le souffle des vents contraires, vous m'aviez entretenu dans des idées de bonheur, en concluant le marché de votre honte avec un autre! Mais vous ne saviez pas, Caroline, que pour vous j'étais devenu voleur, pour vous j'avais tué..... pour vous!!! »

Tio-Blas, épuisé, appuya sa main contre le rebord du lit de la marquise, il sembla respirer après avoir déroulé de la sorte en quelques halles pressées l'infernale chaîne de ses malheurs..... La lumière de l'appartement imprimait à ses joues une pâleur singulière; ses cheveux, grisonnans par mèches rares et dispersés dans le désordre de son récit, lui retombaient sur le front comme une crinière luisante. La marquise attendait la fin de cette nocturne entrevue comme un combattant déjà blessé attend la fin d'un duel..... Si la fureur de l'Espagnol au lieu d'être refroidie bouillonnait encore, égalant sur elle-même les tournoiemens de la lave, la stupeur de Mme de Langey, sa crainte, son attention, formaient en elle un conflit de pensées aussi actif, aussi absorbant, aussi lourd....,

— Donc, poursuivit-il avec une voix sourde, vous êtes à moi, je vous ai achetée à double titre, par de l'or et par un crime!.... Caroline, vous allez me suivre!....

— Vous suivre, Tio-Blas! vous n'y songez pas! vous suivre, vous l'assassin de mon mari!

— Je vous le répète, madame, j'ignore la différence de l'esclave qui tue ou du maître qui fait tuer... Encore une fois, comme il y a du sang à mes mains, il y a du sang aux vôtres. Caroline, regardez-vous!

Il la conduisit, muette et pâle, devant la glace de sa toilette..... Par un instinct d'épouvante que le remords seul peut expliquer, la créole n'osa s'y voir... elle détourna le front.

— Bien! reprit son maître (car Tio-Blas dans cet instant de solennelle terreur lui commandait), bien, tu as compris que pas plus que moi tu n'avais le droit d'interroger devant Dieu cette nature créée dans l'origine à son image, et que le crime seul peut ternir. Ah! tu en conviens donc à présent, froide vipère! si tu m'enlaçais de tes baisers menteurs, il y a quatre ans, c'était pour me faire partir; si tu me parlais de la jalousie de cet époux, c'était pour armer mon bras! Eh bien! rassure-toi, Caroline, je l'ai tué, bien tué!.... Il ne reviendra pas, il dort sous la pierre près de l'église de Saint-Marc! Tu es encore trop près de lui, Caroline, j'ai pitié de toi, tu vas me suivre..... Ces mêmes noirs qui ont vu le meurtre de ton mari, son meurtre..... notre œuvre à nous deux..... ils sont là, là sous les mangles que tu pourrais distinguer de cette fenêtre si ton regard n'était pas si morne, si troublé..... A un coup de ce sifflet d'ivoire suspendu à ma ceinture, vois-tu, ils paraîtront, mon cheval t'emportera. Viens, j'ai pitié de toi : tu ne peux rester sur le même sol où Langey repose; dans la partie espagnole de cette île tu dormiras en paix. Tu ne déroges pas d'ailleurs, tu ne seras pas la femme d'un marchand, tu seras la femme du comte de Cerda! le comte de Cerda! ah! ah! poursuivit-il avec un rire étouffé.....

— Misérable! laisse-moi; tiens, reprends, si tu le

veux, tes diamans, ils sont là..... là, dans cette cassette! je ne te dirai plus rien; voici la clé... Prends...

Et parlant ainsi, elle se roulait sur la natte, et elle étendait ses doigts crispés vers la cassette..... La repoussant avec une ironie froide, il lui dit :

— J'attends! comtesse de Cerda..... Oublies-tu donc que ce n'est plus ici le marchand qui te parle, c'est un noble Espagnol, plus noble, je te l'ai dit, que ton financier..... Quitte cet homme, et viens avec moi..... J'ai des richesses, peu t'importe d'où elles me viennent. Ne sommes-nous pas maudits?

— Mais moi! moi, Tio-Blas, moi je ne suis pas libre..... J'ai un fils!

— Je l'enverrai en Espagne, ou tu le renverras à son père si tu le veux. Ce n'est point le fils de Langey! murmura l'Espagnol avec une rage dédaigneuse. L'enfant d'un mort eût été sacré pour moi, poursuivit Tio-Blas en essuyant la seule larme qui eût débordé de son œil sec.

— Tio-Blas! dit-elle alors avec un accent d'inexprimable douceur que l'angoisse seule, l'angoisse désespérée peut donner..... Tio-Blas! je t'aime!.....

L'oreille de l'Espagnol découvrit un tressaillement si aigu de peur dans la fin de cette phrase hypocrite que malgré la pantomime de la marquise il s'écria :

— Comédie!

— Ah! tu ne m'accuseras pas d'aimer cet homme, reprit-elle en joignant les mains : cet homme, c'est un vieillard; toi, du moins, tu es jeune, tu es beau!

Tio-Blas hocha la tête avec un sourire triste.....

En ce moment l'horloge de la chambre sonnait deux heures du matin.

— Allons, *señora*, votre main dans la mienne et le pied à l'étrier! s'écria-t-il comme s'il fût sorti d'un rêve.

— Jamais! oh! jamais! reprit-elle; tu me fais horreur!

— Deux heures viennent de sonner. Vous emporterez vos diamans : cela sera bientôt fait.

— Je suis maîtresse ici, Tio-Blas! Songez que je n'ai qu'à jeter un cri, l'on viendra.

— Vos gens sont à la veillée.....

— Vous voulez donc me voir briser le front contre ce mur?

— Vous n'en ferez rien : cette main vous tient sans colère, vous le voyez.....

— Encore un coup, lâchez-moi. Je vous dis que vous êtes un assassin!

— Et moi, je te dis, femme, que nos deux destinées doivent être unies à jamais comme le sont nos deux mains. Tu dois marcher avec moi, car tu es une femme perdue..... Entre nous s'élève quelque chose, marquise de Langey ou comtesse de Cerda, c'est une colonne de sang! Allons, marche, marche!

Il tira en même temps son sifflet d'ivoire et le porta à ses lèvres..... La marquise comprit qu'elle était perdue.....

— Infâme! cria-t-elle en dégageant son bras de celui de l'Espagnol par un effort surhumain, ne fais pas un mouvement, ou je mets le feu à ma moustiquaire.....

Armée d'un flambeau qu'elle avait saisi sur sa table, la marquise de Langey s'était réfugiée sous la gaze du lit... Tio-Blas la considérait avec stupeur...

— Dussions-nous brûler ainsi tous deux avant l'enfer, je t'y suivrai! cria-t-il résolument.

En prononçant ces mots, il écartait le voile de la mousliquaire, à laquelle le flambeau de la marquise mit le feu.....

En voyant la flamme se propager rapidement d'un bout de la gaze à l'autre, lécher de sa langue flamboyante les stores et les corniches, la marquise fut elle-même effrayée de son courage... Deux secondes encore, et la chambre était en feu..... Tio-Blas tira de son sifflet un cri aigu, lugubre comme celui du serpent. — Un cri pareil lui eut bientôt répondu.

— A l'assassin! au meurtre! cria la créole hors d'elle-même, se penchant à la fenêtre.

Elle sentit bientôt sa voix se sécher dans sa gorge, et elle tomba.....

Poussant du pied la porte de la chambre, Tio-Blas allait entraîner Mme de Langey quand il s'aperçut qu'elle était évanouie..... Des pas retentissaient, la flamme continuait avec violence..... Tio-Blas jeta de l'eau au visage de la marquise, et d'une voix entrecoupée à la fois par la fumée et la colère, il lui dit :

— Marquise de Langey, retenez ceci. J'ai deux choses à vous : votre médaillon trouvé sur votre mari et vos lettres adressées à moi. Votre nouvel amant comparera un jour les lettres de la marquise de Langey à Tio-Blas avec celles de la marquise de Langey à M. de Boullogne. Quant à ma proposition d'hymen, puisqu'elle vous déplaît, n'en parlons plus... J'avais cru que l'opiniâtreté de mon amour vous ébranlerait, vous ma complice. Vous venez de crier à l'*assassin!* Je pourrais vous plonger à cette heure dans la poitrine la lame de ce couteau qui a tranché les jours de Langey; mais cette lame est sacrée, elle est trop sainte pour vous!.....

Il ajouta en se pendant à la soie de sa longue ceinture, qu'il attacha aux barreaux de la fenêtre :

— Adieu!..... Vous n'êtes pas la seule de votre famille, marquise; j'attendrai..... Je puis me venger peut-être sur *quelqu'un* qui vous est cher!

La pâle créature avait assez recouvré ses sens pour entendre bruire ces paroles à son oreille comme un son de cloche funèbre. Le galop d'un cheval retentissait déjà sous la fenêtre quand les noirs accourus aux cris de Mme de Langey pointèrent leurs fusils du haut de sa fenêtre enflammée. Mais Tio-Blas avait disparu; les ombres de la nuit gardaient seules le secret de sa route.

XVIII.

Le numéro 143.

« Tel est le sort qui t'attend, » me dit la reine en me montrant l'homme qu'on battait.

(HÉLÈNE DE TOURNON.)

Huit mois s'étaient passés depuis cette scène, assez terrible pour laisser dans l'âme de Mme de Langey une trace ineffaçable.

L'habitation de la Rose regrettait toujours le même maître, absent et retenu en France par d'indispensables devoirs ; mais elle avait l'honneur de posséder le même gérant, M. Joseph Platon, le plus vertueux et le plus borné des mortels.

Comme tout bon économe doit le faire, M. Joseph Platon tenait un registre exact de ses nègres ; ce registre lui eût fait honneur assurément près de M. de Boullogne, car il dénotait un esprit d'ordre peu commun.

Imaginez en effet un vrai livre d'histoire dans toute l'acception du mot, une sorte d'Encyclopédie biographique où la naissance et la mort de chaque noir se trouvaient cotées scrupuleusement à côté de celles des animaux domestiques, des clous, de l'huile, du suif, des houes, serpes, haches, harnois, voitures, denrées et autres objets. La régularité candide de M. Joseph Platon allait jusqu'à écrire ses pertes comme ses profits, les dégâts des noirs et leurs bons services, leurs friponneries et leurs beaux traits.

De la sorte, le registre de M. Joseph Platon eût pu fournir une ample moisson d'observations morales au philosophe, les bons et les mauvais points du digne archiviste étant toujours accompagnés de réflexions en marge et d'annotations caractéristiques :

« Pompée (n° 104). — Excellent sujet. — Il n'a passé aux verges que dix-huit fois. — Aimant le tafia et ses devoirs, il eût fait un excellent douanier.....

» Adonis (n° 5). — Gaillard né pour la cuisine. M. Printemps l'honore de son estime. Il *étique* deux mulets en un quart d'heure.....

» Benjamin (n° 122). — Fort mauvais sujet. Il s'est fait marron parce que son commandeur lui avait refusé du suif; pour échapper aux recherches, il s'est plongé dans la rivière de l'Artibonite, où il a échappé aux recherches en se cachant la tête sous une grande feuille d'arbre.

» Un, deux, trois, quatre, cinq...... reprenait Platon en additionnant sur ses doigts. Ci-contre, ce mois-ci, vingt-six noirs morts à l'hôpital, six d'enfuis et quatre.....

— Voilà un joli compte à présenter, s'écria-t-il en s'interrompant lui-même tout à coup et en écrasant de fureur sa plume contre son papier. Que va dire

M. de Lassis l'intendant? Depuis que cette damnée marquise nous est tombée des nues à la Rose, tout me va de mal en pis. Je le lui disais bien l'autre jour, — comme je vous le dis là, mon cher monsieur Printemps ; — « Madame la marquise, vous les tuez, vous les exterminez, ces malheureux ! » Que diable ! on a beau être nègre, on n'est pas de fer, n'est-ce pas, monsieur Printemps ?

— Qu'a-t-elle donc fait ?

— C'est du joli ce qu'elle m'a fait ! Écoutez cela, vous qui êtes disciple de Comus, comme disent MM. Vadé et Piron, deux agréables chansonniers..... Vous serez d'abord disposé à l'excuser en faveur du motif ; mais vous ne tarderez pas à voir sa perversité..... Il faut qu'elle soit grande, puisque vous m'en voyez malade et gardant le lit..... Vous savez, mon cher, que depuis la mort (mort bien heureuse !) de Poppo son singe elle l'a fait empailler ; mais ce que vous ignorez sans doute, ce que je vous ai toujours caché, c'est que c'est moi qu'elle avait chargé de cet office !..... Me choisir ! moi, son ennemi *personnel !* Mon titre de naturaliste m'a valu cela, mon cher ! Donc, après avoir empaillé Poppo de mon mieux, il y a huit mois, je le lui portai..... Je ne saurais vous peindre toute mon émotion, Printemps : je voyais encore mon infortuné perroquet jonchant le parquet du salon de ses plumes jaunes et rouges, ce même perroquet, vous le savez, qui disait si bien le nom de *Rosette*, ma femme !.....

Ici Platon s'essuya l'œil gauche du coin de sa couverture.

— N'importe..... c'était mon devoir, je présentai le hideux magot à la marquise. Jamais, mon ami, je ne l'avais trouvé si laid : deux yeux verts d'émail, posés par moi dans ses orbites, donnaient une expression de Caligula à sa figure; ses pattes osseuses et velues, clouées solidement par moi à la planchette, avaient l'air de vouloir se lever encore sur mon innocent volatil!.... La marquise le reçut cependant comme on recevrait un oncle d'Amérique; Saint-Georges et M. Maurice le placèrent dans sa berline inoccupée jusque-là.....

— Il n'y a rien encore de tragique en tout ceci, dit M. Printemps, aspirant une prise de Virginie.....

— Attendez. Vous n'avez pas oublié que, durant sa vie, le monstre était friand au dernier degré de tortues fraîches..... Il les pourchassait sans s'inquiéter seulement des caïmans de l'Ester. La preuve de ceci, c'est que sa gourmandise a causé sa mort et que le ciel, ou plutôt je ne sais quel aspic intelligent nous en a délivrés. Eh bien ! mon digne ami, croiriez-vous que toutes les semaines, depuis ce jour, mes négrillons battent l'eau de l'Ester pour le bon plaisir de la marquise, chez laquelle ce goût s'est déclaré ? Oui, mon cher monsieur Printemps, son plus grand bonheur est de voir mes nègres pêcheurs descendre pour chercher dans l'eau ces quadrupèdes ovipares dont vous faites de si excellens bouillons, et que, vous le savez, on surprend rarement à terre..... Le seigneur Poppo, ou plutôt son horrible squelette empaillé, est habillé le matin de dentelles, comme s'il vivait encore, et du fond de sa berline il regarde cette belle pêche d'un air de roi..... Or vous n'ignorez pas, Printemps, que si la marquise a hérité de cet amour singulier de son singe pour la chasse de la tortue, le caïman, personnage assez vorace de son fait, n'y renonce pas pour cela. Donc, pas plus tard qu'avant-hier, en se livrant à ce dangereux plaisir par ordre de Mme la marquise, quatre de mes négrillons effarouchèrent la femelle d'un caïman, surprise au milieu de ses œufs, et la firent crier..... A l'instant les malheureux en virent une véritable armée accourir de tous les points et fendre l'onde en silence, si bien que M. le marquis Maurice s'est blotti d'effroi contre son ami le mulâtre. Mes noirs voulaient fuir, mais le plaisir de la marquise aurait été incomplet ; elle était alors dans sa calèche avec M. de Rohan, notre nouveau gouverneur, qui cria aux nègres de continuer et lança lui-même le harpon au milieu du groupe... Ce harpon rebroussa, et ce fut alors une épouvantable boucherie..... Les caïmans avaient glissé adroitement sous l'eau, monsieur Printemps, ni plus ni moins que je glisse ma main sous cet oreiller ; mais rassemblés en embuscade au milieu de ces laîches très-fourrés, ils se jetèrent bientôt un à un sur leurs victimes. Vainement les hommes de notre suite leur lâchèrent-ils une bordée de coups de fusil ; le jour baissait, et nous n'entendîmes plus bientôt que le bruit aigu de leurs dents... Puis la berge reprit son silence.....

Quatre négrillons de perdus, monsieur Printemps, et le tout pour un dîner !

— Il est vrai que la marquise ferait mieux de ne pas s'occuper elle-même de sa table, monsieur Platon, cela regarde son maître d'hôtel.....

— Aussi, rassurez-vous, vais-je les porter à son compte sur mon registre..... Car enfin il n'est pas juste, s'écria le gérant, portant la main à son magnifique bonnet de coton avec un geste désespéré, il n'est pas juste que ces quatre noirs me retombent sur le dos.

Et il écrivit :

« *Item*, ci-contre, pour le compte de Mme la marquise, bouillon de tortue. . . . . quatre nègres. »

— Vous avez là une page blanche, reprit le maître d'hôtel, c'est le n° 143.

— Si fait, il y a le nom ; lisez plutôt : « *Saint-Georges*, venant de l'habitation des Palmiers, à la Guadeloupe..... » Je n'ai rien à faire avec celui-là, vous le savez bien..... C'est le protégé de la marquise, mon disciple ! un gaillard qui, si l'on n'y prend pas garde, sera bientôt élevé sur un pied parfait d'égalité avec le jeune marquis. Il était jadis sous ma domination exclusive. Mon Dieu, oui ! je pouvais le faire passer par les verges quand bon me semblait, sans la permission de cette Mme la marquise ; mais bast ! à présent il ne fait pas un geste que Mme d'Esparbac ne s'extasie et que M. Maurice ne se roule par terre, en lui criant : « Bravo, bravo, *mon jaune !* » Tenez, vous ne le voyez plus venir dans les cuisines, j'en suis sûr.....

— Vous avez raison, le voilà un vrai *monsieur*.....

Il partage les jeux de M. Maurice, il a même l'audace de réussir comme si c'était un vrai créole! Le maître d'escrime de M. le marquis me disait l'autre jour qu'il n'avait jamais vu un poignet si vigoureux; il l'a jeté par terre deux ou trois fois.

— Sans compter, monsieur Printemps, que je lui ai inculqué, voyez-vous, de ces airs distingués auxquels on reconnaît le professeur, dit Platon en s'apercevant que le maître d'hôtel ne lui faisait pas assez d'honneur de Saint-Georges; c'est le produit naturel de ma conversation, je le sais, mais je suis certain que cela a mis en tête au mulâtre une foule de billevesées. Je vous déclare toutefois, mon ami, que ce serait à mon corps défendant que je le ferais punir si la marquise me l'ordonnait..... Je n'ai point voulu annoter ses beaux faits sur mon registre, parce que cet enfant est vraiment un être à part et que je le considère comme un ami de cœur qui a longtemps battu mes pantalons et mes casquettes..... Du reste, pendant que vous me tournez mon infusion d'orangers, secourable monsieur Printemps, vous allez sans doute le voir venir, car je l'attends pour me faire la lecture..... c'est le seul office qu'il ait conservé près de moi, son *ancien* maître!..... Justement j'ai là un nouvel ouvrage qui m'arrive de France, l'*Émile* de M. Jean-Jacques Rousseau, que M. Lassis m'envoie avec ce magnifique habit *prune-de-monsieur*.

— L'habit est magnifique en effet, murmura le maître d'hôtel avec un regard de convoitise, les manchettes sont du meilleur goût. Mais le roman?

— Ne voyez-vous pas que ce doit être un traité

complet d'instruction élémentaire ? Lisez le second titre : *De l'Éducation!* Il paraît que c'est un livre fort agréable..... pour les professeurs. L'auteur a entrepris de démontrer à son élève l'astronomie sans sphère, la géographie sans cartes et la musique sans notes..... Quand j'étais aux gabelles, j'ai dévoré la *Nouvelle Héloïse*, du même auteur! Hélas! Rosette m'a cependant coûté plus de larmes que cette Héloïse!

— Quant à moi, dit M. Printemps, en ma qualité d'ancien chef d'office du maréchal de Saxe je dois vous dire qu'il y avait dans ma jeunesse un poëte du maréchal que j'affectionnais par-dessus tout, c'était M. Dorat, un capitaine de dragons.....

— Je me le rappelle fort bien, un petit sec, poudré, avec lequel j'ai eu un jour une discussion à la barrière..... Il s'étonnait, le petit monsieur, que j'osasse le fouiller, et menaçait de porter plainte à M. d'Argenson.

— Il lui est arrivé un bien bon tour à ce M. Dorat chez le maréchal, et je suis sûr que vous ne le connaissez pas, Platon! Malheureusement, continua le maître d'hôtel en tirant sa montre hors de son gousset, il est trois heures, et il faut que j'aille visiter les cuisines.....

— Et moi donc, si vous saviez quelle récréation m'attend! il faut que dans une demi-heure je regarde administrer des coups de fouet, du haut de cette fenêtre, à deux imbéciles d'esclaves, un mulâtre et une mulâtresse, ma foi, qui ont manqué de respect à M. Gachard!

— Comme si ce gros financier n'avait pas assez de commandeurs chez lui pour exécuter ses ordres !

— Dites ceux de Mme la marquise, Printemps ! ce mulâtre et sa femme, le 141 et le 142, sont de l'habitation de la Rose. Je ne sais quelle brèche l'énorme lovelace du nom de Gachard a voulu faire à leur ménage, mais le mari s'est fâché, et il a osé dire qu'il empoisonnerait M. Gachard..... Pour ce crime, si vous ne le savez pas, je vous l'apprends, l'exposition au soleil et la *quarantaine* entre eux deux. Vingt coups pour chacun...... fit-il en montrant le fouet pendu au mur. Ils se disent mariés, ils partageront.

— Respect à la loi ! monsieur Platon, c'est trop juste ; mais je ne veux pas voir l'exécution à cause de la mulâtresse..... Melle Finette, que j'adore comme une reine, est de cette couleur.....

— Bon ! vous voilà devenu sensible parce qu'elle vous a donné dans l'œil ! Si mon ex-épouse, Mme Platon, dite Rosette, avait eu le fouet d'un nègre commandeur en perspective, elle n'eût point trahi ses devoirs et fût restée blanche comme le linge qu'elle repassait !

La conversation de ces deux sublimes personnages fut interrompue bientôt par les notes d'un air lent et mélancolique qui s'approchait de leur oreille en franchissant chaque pas de l'escalier. Cet air à deux voix gardait l'empreinte naïve de toutes les chansons créoles ; il eut le pouvoir d'arracher M. Joseph Platon à certains calculs d'agronomie que, malgré sa fièvre, il se croyait forcé d'entamer. La porte s'ouvrit, et la jolie Finette bondit joyeusement jusqu'au milieu de la chambre avec Saint-Georges.

Ils étaient tous deux aussi rayonnans, aussi élancés que deux jeunes palmiers saluant le premier soleil; leur poitrine haletait; ils venaient d'arpenter à la course une longue avenue de tamarins bordant les hattes de la case.

Si bien qu'à son madras coquettement chiffonné, à son air d'autorité féminine sur le jeune mulâtre, à certains embrassemens espiègles donnés et rendus en entrant dans cette chambre, M. Printemps, le vertueux prétendu de Melle Finette, ne put s'empêcher de froncer le sourcil d'un air jaloux.

— D'où venez-vous ainsi, mes jeunes ramiers? murmura M. Platon d'un air moitié sévère, moitié curieux. Mademoiselle Finette a sa jupe blanche déchirée par les broussailles; et vous, mon élève, vous avez encore votre fusil armé, et vous ne me rapportez pas même un *bidibidi*[1] ce matin!

— Mon cher maître, répondit Saint-Georges, vous êtes à la diète, il faut vous le rappeler. Ma mère Noëmi, qui s'est faite votre docteur, ne vous a-t-elle pas recommandé les boissons chaudes? Je vous lirai un chapitre de ce livre, si vous voulez?

— Au diable la lecture! Que votre mère se connaisse en tisanes, mon cher Saint-Georges, je ne dis pas le contraire, je me résigne aux siennes pour guérir ma toux et ma fièvre (diable de fièvre que j'ai attrapée l'autre jour à cette expédition des tortues aux

[1] Râle.

bords de l'Ester!). Mais que la marquise n'envoie pas pas demander seulement de mes nouvelles!.....

— C'est ce qui vous trompe, monsieur Platon, nous venons tous deux en son nom vous assurer de toute la peine que lui cause votre maladie..... Elle m'a chargé aussi de vous annoncer une nouvelle!..... M. de Lassis s'en vient passer trois mois à la Rose; il arrive à la fin de cette semaine.....

— M. de Lassis arrive sans m'avoir prévenu, s'écria Platon d'un air étonné et en laissant retomber sa tête sur l'oreiller d'un air de profond abattement... On veut donc ma destitution!

— Voudrait-on la mienne aussi, continua M. Printemps en se rapprochant du lit du gérant, qui se regardait d'un air alarmé dans un petit miroir de poche.

Tout d'un coup il écarta violemment sa couverture et s'élança du lit, couvert d'une simple culotte de nankin.

— Ah! ils veulent ma mort, grommela Platon, eh bien! je m'en vais les satisfaire, je me jeterai par la fenêtre, Printemps, je serai le Decius des économes!

Et de sa main furieuse M. Platon poussa les verroux de sa fenêtre. Il ressemblait à Don Quichotte plus qu'à Decius.

— Qu'allez-vous faire, monsieur Platon? s'écria douloureusement le maître d'hôtel en le retenant par sa culotte. Vous n'avez pas de reproches à vous faire, vous êtes comme moi un homme intègre! M. de Lassis verra nos livres.

— Ne venez-vous pas d'entendre, Printemps, qu'il

arrive dans le mois le plus désastreux, un mois de malheur, un mois de pertes? M. de Lassis ne m'aime pas, je le sais, il a ses créatures, Printemps.

— Calmez-vous; M. Gachard a beaucoup d'empire sur lui, et vous allez faire dans quelques secondes une chose agréable à M. Gachard. Il est bientôt la demie, continua le maître d'hôtel à voix basse en tirant sa montre.....

— Je vous comprends, il faut me montrer au peuple, on n'arrive au crédit que comme cela..... Veuillez prévenir de ma part le nègre commandeur qu'il se rende à son office. Il est en bas sous la cloche de la cotonnerie.....

— C'est cela, et malgré la fièvre, faites bonne contenance, monsieur Platon, dussiez-vous mettre du rouge..... Les coupables vont se voir amenés dans cinq minutes, et M. Gachard sera prévenu.

— Quel état que celui de gérant de la Rose, continua Platon en s'enveloppant d'une robe de chambre à fleurs et en chaussant ses pieds de superbes pantoufles rouges, quel état! je regrette le port de Bercy! Et toi, que fais-tu là, messager de malheur? dit-il à Saint-Georges, qui montrait à Finette un cadre de papillons.

— Je montrais à Finette ces beaux scarabées que nous avons pris ensemble; vous savez, monsieur Platon, répondit le mulâtre avec un accent ému, quand au lieu de me punir comme les autres vous me faisiez chasser pour votre table du matin au soir.....

— J'espère que te voilà satisfait à cette heure, Saint-Georges, reprit Platon d'un air de brusquerie inaccoutumée, rien ne te manque. Tu feras bien, mon garçon, de ne pas faire de bêtises dorénavant, tu serais soumis au joli traitement que tu vas voir !

— Qu'est-ce donc, monsieur? dit Finette en voyant Platon saisir à la muraille son long fouet. La voix de la mulâtresse était suppliante.

— Rien, reprit le gérant, seulement comme j'ai la fièvre, avance-moi ce fauteuil, Saint-Georges.

Le mulâtre obéit; M. Printemps, qui était sorti l'intervalle d'une seconde, remontait l'escalier tout essoufflé.

— Entendez-vous la cloche? dit-il à Platon, le Gachard et Mme de Langey sont là sous votre fenêtre. Le Gachard en beau gilet mordoré et en grand habit pluie de paillettes, la Langey avec son parasol, sous lequel M. de Rohan lui conte sans doute quelque ravissante histoire.....

— Cela est vrai! s'écrièrent simultanément les deux enfans. Et quel flot de monde, bon Dieu! c'est un spectacle! Tous les bourgs sont accourus!

De l'appui de cette fenêtre, d'où la tête grotesque de Platon ressortait alors armée de son casque à mèche comme celle d'un proconsul, il put voir bientôt le terrain fauve qui s'étendait devant lui rempli d'une foule de noirs et de créoles. Le mulâtre et la mulâtresse apparurent bientôt, conduits par un commandeur; c'étaient le 141 et le 142 qui allaient subir la quarantaine de coups exigée. M. Gachard, la main appuyée sur sa canne à bec de corbin, lorgnait la femme d'un air satisfait et avec cette sorte de joie lascive que les peintres donnent aux satyrs. Cette créature, presque aussi belle que Finette, avait tout au plus seize ans, le mulâtre était du même âge. On le tourna bientôt vers le soleil le plus ardent, une pierre fort lourde posée en travers sur sa tête. Là, durant l'espace de quatre minutes, le bras du commandeur le força de se baisser et de se relever successivement. Ses genoux fléchissant de lassitude sous ce fardeau, on l'attacha au poteau, la tête peu à peu inclinée sous la grande pierre, si bien que la sueur ruisselant de ses membres baignait le sable autour de lui. Vingt coups mesurés retentirent bientôt sur cette peau brune et luisante, que le sang ne tarda pas à marbrer de ses sillons rouges. Le col renfoncé dans les épaules sous l'impitoyable chapiteau qu'il soutenait, le mulâtre ne poussa pas un seul cri..... Pour sa femme, elle ne put supporter aussi courageusement un pareil supplice..... Aux cris horribles de cette malheureuse, Saint-Georges se sentit ému; par un mouvement instinctif, Finette et lui se jetèrent dans les bras l'un de l'autre avec des larmes..... Les lèvres de Finette tremblaient, celles de Saint-Georges étaient mouillées d'écume; c'étaient deux esclaves de leur couleur qui venaient d'être frappés..... Ce terrible retour sur lui-même semblait avoir éteint toute force au cœur du jeune homme..... Finette et Saint-Georges se regardaient enfin comme deux naufragés suspendus à la même planche, une même condition de mort pesait sur eux. Cette exécution sinistre, si commune cependant aux colonies, ils venaient de la voir avec des sens plus sûrs, plus subtiles, plus éclairés! Sous la soie et la dentelle qui le couvraient, Saint-

Georges retrouvait ce même corps sur lequel le fouet du commandeur s'était levé ; le matin encore sa jeune imagination rêvait la liberté, le bonheur ; cet affreux spectacle le rejetait violemment dans l'esclavage.

Heureusement pour lui et pour ses enfantines illusions, il ne vit point Mme de Langey riant du bout de ses lèvres roses à M. le gouverneur et lui montrant à la fenêtre la figure de son gérant immuable comme la loi.

Lorsque M. Platon referma la fenêtre et baissa les stores, une main passait délicatement sur les épaules de Saint-Georges ; c'était celle de Noëmi.

Les yeux de cette mère étaient sans larmes, elle avait bu déjà bien d'autres douleurs et d'autres supplices. Elle pressa le mulâtre contre sa poitrine quand il partit et recoucha elle-même l'honnête monsieur Platon, dont la fermeté romaine avait, on le pense bien, rallumé la fièvre. Il se renfonça dans le lit après s'être mis sur la conscience un chapitre de *Jean-Jacques* sur le maître et le disciple, et d'une main affaiblie comme celle de Sylla mourant il écrivit le supplice de ses deux numéros 141 et 142 sur son registre.

Le nom de Saint-Georges était inscrit, on le sait, sous celui qui suivait, — le 143!.....

XIX.

Un fils de bonne maison.

— Je veux un œuf.
— Mon fils, il n'y en pas.
— A cause de cela, j'en veux deux!
(*Un enfant créole.*)

Cependant la vie que Saint-Gorges partageait depuis quelque temps avec Maurice eût convenu à un véritable enfant de cacique.

Cette vie datait de la nuit fatale où le jeune mulâtre avait tué la couleuvre; les impressions de la marquise, si fugitives d'ordinaire, avaient, il faut le croire, plaidé cette fois pour Saint-Georges; ce qu'il y a de certain, c'est que peu à peu sa condition s'était améliorée au point de n'établir entre Maurice et lui que la seule différence de la couleur. Ils s'aimaient donc tous deux comme peuvent s'aimer, sous le ciel des Antilles, deux jeunes et belles plantes, comme on s'aime quand l'amour ou l'ambition ne sépare pas, que tout est jeu, plaisir, découverte naïve autour de vous.

Les jouissances du luxe rassemblées autour de Maurice furent la première chose qui étonna le mulâtre. L'ajoupa qu'il habitait avant ce jour était sombre et triste, il y dormait sur le sol ou sur des nattes pourries; retenu près de sa mère, il y regrettait souvent le jour et l'espace. Là, une misérable ruelle pour horizon, quelques fleurs rongées du soleil sur le bord de la fenêtre, le fouet du commandeur incessamment levé, la laideur physique de ses frères et leur laideur morale souvent plus affreuse encore, tel était le journalier spectacle offert aux yeux de Saint-Georges. Ici, au contraire, toutes les émanations du bien-être, de la richesse, du raffinement en fait de vie. Il partageait tout avec le jeune marquis, la crème parfumée de l'attier offerte à ses lèvres, les sucs de l'orange, les mets exquis, la chambre spacieuse, les études et les plaisirs. C'était un bouleversement complet dans son existence, il se croyait transporté dans un monde tout nouveau; peu s'en fallut qu'il ne ployât le genou devant Mme de Langey, qui lui adressait, toutefois fort rarement, la parole. Mme de Langey ne lui avait-elle pas ouvert le paradis?

Maurice s'éprit bien vite de son cher *jaune*, comme il l'appelait; c'était, nous l'avons dit, l'amitié innée du faible pour le fort, comme celle de Saint-Georges résidait dans le sentiment secret de la protection. A le manier, en effet, entre ses bras rudes et forts, à le porter sur son lit ou sur la selle de son cheval, le mulâtre avait senti qu'il fallait à ce pauvre enfant un tuteur actif, une sorte de garde du corps, tant le jeune marquis avait la fibre molle et débile, tant la faiblesse de l'enfance menaçait de se prolonger chez lui, ne fût-ce que par la mollesse, au delà des temps voulus.

Dès le matin, Saint-Georges se trouvait levé avant Maurice, écartant déjà de son réveil les contrariétés pénibles et se soumettant à ses moindres fantaisies. Ses premières idées avaient été celles d'un serviteur, peu à peu il entrevit qu'il pourrait devenir maître avec cet être pâle qui avait passé six ans par les mains des femmes. Les maîtres du jeune marquis lui déplaisaient comme tout maître déplaît à cet âge : ce fut donc à Saint-Georges qu'ils profitèrent. Plus avancé que Maurice dans la vie corporelle, façonné de longue main aux exercices gymnastiques, le mulâtre eut peu à faire, en vérité, pour réussir. Le fruit de la science arrivait trop tôt pour l'appétit de Maurice, appétit indolent et que l'âge n'avait pas d'ailleurs développé ; au rebours du fils de Mme de Langey, Saint-Georges se trouva merveilleusement apte à en pomper tout le suc. Le maître à chanter, le maître de danse, le maître d'escrime, tout cela était alors donné à un jeune enfant bien né presque au sortir du berceau ; Saint-Georges ne tarda pas à délivrer Maurice de l'ennui et de la fatigue de ces études, fatigue réelle pour un aussi faible élève que le jeune marquis, il les accepta pour lui de façon à y faire de véritables progrès. Maurice était enchanté, car il se trouvait ainsi exempté de ce qu'il ne devait guère entrevoir que comme une tâche ; Maurice, c'était l'enfant créole dans toute l'acception du mot, servi, prévenu, gâté avant même qu'il pût connaître l'empire de la couleur blanche. Maurice allait avoir sept ans, Saint-Georges en comptait treize ; cela eût établi une grande différence entre eux s'il ne fût pas entré dans la destinée du créole de demeurer toujours frêle et maladif, comme dans celle du mulâtre de rester jeune, vigoureux. D'ailleurs aucun d'eux ne pouvait encore réfléchir à cette légère distinction physique. M. le marquis Maurice ne s'occupait, en vérité, que d'une chose, de mettre ses mutineries et ses révoltes contre ses maîtres à couvert sous la bonne conduite de Saint-Georges. Le mulâtre ne le quittait ni jour ni nuit, soit qu'il voulût se promener par les jardins quand le vent tombait de la crête parfumée des mornes, monter à cheval, se baigner; soit qu'il lui fallût prendre ses leçons devant sa mère. Ce jour-là seulement les maîtres de Maurice se croyaient obligés de se *soigner*, de perler leurs phrases et d'insinuer avec adresse au marquis les demandes et les réponses. Mme de Langey écoutait ces exercices d'un air insouciant, l'éducation d'un enfant de qualité consistant plutôt, pour la marquise, dans un certain ordre d'idées toutes faites que dans la véritable route du progrès. Toute autre femme que la marquise eût été blessée au cœur en voyant le mulâtre répondre alors mieux que le marquis, son orgueil maternel s'en fût alarmé ; mais il y a des servitudes si établies que les rayons d'intelligence qui s'en échappent vous rendent à peine jaloux ; il fallait être Mlle de Breil [1] pour lever les yeux sur Rousseau le laquais, et puis Rousseau le laquais n'était pas mulâtre!

Mme de Langey n'exigeait qu'une chose des pré-

[1] *Confessions*, livre III.

cepteurs de Maurice, c'était que l'étude, et particulièrement les exercices du corps, n'altérassent point sa santé. Cette santé, Mme de Langey avait dans son esprit le droit de la faire passer avant toutes choses; n'était-ce pas en effet sur l'existence de ce fils que tout l'échafaudage de sa fortune reposait? Ce fils tant choyé, n'en devait-elle pas compte à M. de Boullogne, et cette pensée ne devait-elle pas dominer son système d'éducation?

L'indolence maternelle des créoles est chose connue, celle de la marquise s'expliquait, du reste, naturellement par la multitude indigeste de professeurs donnés à Maurice. L'emploi de ces honorables commensaux de Mme de Langey avait été simplifié par eux au point de n'imposer à Maurice qu'une heure de leçons par jour; ils passaient le reste du temps à la pêche ou à la chasse, plusieurs s'oubliaient même dans la compagnie des mulâtresses. Ils ne se faisaient faute de donner du *marquis* tout le temps à travers le nez de Maurice, qui en revanche les traitait comme de véritables nègres. C'était pour l'enfant des machines animées sur lesquelles il piétinait, il en tirait des sons distincts appropriés à ses caprices. Ses colères impérieuses plaisaient à Mme de Langey, parce qu'elles lui semblaient annoncer de l'énergie; mais comme il n'avait qu'à vouloir pour obtenir, il ne tardait pas à retomber dans son insouciance et son état de langueur habituelle. En réalité, Saint-Georges était devenu peu à peu son maître véritable, il l'excitait ou il l'apaisait à son gré.

Rarement entre eux un dissentiment, une querelle..... Le mulâtre, emporté dans le cercle des moindres fantaisies de Maurice, s'y laissait aller avec une ardeur qui en relevait le but et en faisait pour lui de salutaires études. Son merveilleux instinct devinait tout, les joies, les volontés, les ennuis de son compagnon; il y avait surtout chez Maurice une passion naissante que Saint-Georges cultivait : cette passion, c'était l'orgueil. Lui-même il trouvait d'abord un plaisir secret à la partager, elle rejaillissait sur sa condition, elle le mettait à couvert de toute insulte future. Il avait aussi pour cet enfant, confié à sa vigueur comme à une tutelle, des tendresses inexprimables. Souvent, en le berçant dans les soies de son hamac, il le regardait avec une larme comme le chien regarde son maître..... N'était-ce pas à lui qu'il devait tout son bonheur ?

C'en était un réel pour le mulâtre, je vous jure, que de se trouver ainsi jeune, libre, accueilli sous les lambris dorés de cette case ! Il voyait ses pareils tournoyer autour de lui, mais ils étaient tous marqués de ce sceau qui assimile en cette contrée l'esclave aux bêtes de somme. Jamais la main d'un blanc n'avait touché leur col nu, tandis que celle de Maurice lui était douce aux sens comme à l'âme. Il serait un jour l'ami avoué de cet enfant, s'il ne devenait son mentor; sa mère serait riche, heureuse, exemptée du fouet, de la misère ! Déjà aussi d'autres excitations inconnues faisaient battre le sang à ses artères, déjà peut-être son imagination fougueuse rêvait-elle un bonheur plus orgueilleux..... Ses forces, que le climat avait développées d'une façon si précoce, lui donnant la conscience de sa valeur, il allait peut-être au-devant de certaines idées qui, pour tout autre individu de sa nature, eussent paru hérissées d'insurmontables obstacles. A l'âge de treize ans, les rêves d'un créole ne sont plus chastes, il porte dans son cœur tous les germes de cette passion dévorante que le soleil détache bien vite de ses limbes et de ses ombres! Or, puisqu'il faut le dire, Saint-Georges aimait, ou plutôt il adorait quelqu'un, l'amour chez les natures rabaissées étant un culte jusqu'à ce qu'il s'élève à la hauteur d'une puissance.

Affranchi dès l'abord, par sa condition actuelle chez Mme de Langey, de toutes les humiliations qui entourent aux colonies l'homme de couleur, il avait concentré son âme en un seul rayon, une seule pensée.....

Deux femmes, deux images se mouvaient perpétuellement autour de lui, passant et repassant sous ses yeux comme deux syrènes. Sur laquelle des deux avait-il levé le premier regard de son cœur?

XX.

Amour.

Aimer, c'est oser!
(*Devise.*)

Finette, on le sait, avait un certain tendre pour le mulâtre.

Comme lui, dorée par les reflets du soleil ardent des îles, comme lui jeune et joyeuse malgré sa chaîne, Finette, beauté africaine, pétrie de grâce et de volupté, vengeait assez la classe des esclaves par l'animation piquante de sa nature.

Tout chez cette fille était souplesse, relief et séduction. De belles dents blanches encadrées de lèvres aussi pourpres que la grenade, lèvres fortes et bombées comme celles des mulâtresses, des contours fermes, nerveux, un regard abattu délicieusement, ou ranimé tout d'un coup par je ne sais quel éclair illuminant sa prunelle, une taille d'Espagnole obtenue par elle seule et sans le secours de la basquine, une agacerie merveilleuse dans le tour de la coiffure, une jambe modelée comme celle d'une Vénus brune, et par-dessus tout un air de sève et de jeunesse imprimé à sa beauté, tout cela c'était Finette!

Finette! c'est-à-dire une créature formée pour désespérer une créole qui l'eût rencontrée sur le chemin de son amour, pour soulever en elle tous les tourmens que la jalousie et la rivalité font naître; Finette, fleur du désert pleine de vénusté sauvage, de gazouillemens frais et infinis, s'ignorant elle-même, l'ingénue! et cependant amoureuse sans le savoir, car Finette aimait Saint-Georges!

Elle l'aimait comme Suzanne aime Chérubin le page de la comédie. Chérubin le folâtre, Chérubin l'impétueux, Chérubin l'adolescent qui cherche la place de son cœur, n'est-ce pas, dites-nous, l'inévitable creuset dans lequel tout amour naissant doit prendre forme? Mais qu'est-ce que Chérubin, cet enfant hardi, civilisé, conduit par la main jusqu'aux genoux des grandes dames, près de ce sauvage de treize ans qui raconte timidement son âme à Finette? La mulâtresse l'écouterait-elle longtemps avec la patience charmante de Suzanne si elle pouvait croire que ce fût à sa maîtresse qu'il songeât? Cela est pourtant l'exacte vérité; Finette n'est que confidente, confidente à son insu, car il n'y a personne à qui Saint-Georges dirait ce fatal amour!

Amour fatal en effet, amour désespéré que celui du jeune mulâtre! Amour qui ne lui laisse pas même le temps de songer aux douces sympathies de Finette, à ses caresses, à son affection de sœur, qui se fait jour par mille côtés! Amour qui lui est venu enfin comme un incendie qu'allume le vent, et qui dans cette âme vierge ouvrira la voie à tant de blessures nouvelles!

Reportez vos regards sur la vie du jeune mulâtre.

Finette est de sa couleur, et Mme de Langey est pour lui la femme d'un nouveau monde, une blanche, une adorable vision! Elle se l'est attaché comme la sultane s'attache l'enfant du sérail, le muet vendu dans un marché. Tout le jour elle pose devant lui, elle rit, badine, et se fait porter à son bain jusque sous ses yeux. Il assiste à sa toilette, la voit se déganter après le bal; en l'absence de Finette, il agite l'éventail sur son col nu. Quand elle monte à cheval, c'est lui qui place son pied dans l'étrier, c'est lui encore qui la couche dans son palanquin suivi de dix nègres. Exempte devant lui de toute délicatesse de pudeur; — car il n'est qu'une chose, un marbre, — la créole agit comme s'il n'était pas là, elle ne s'entoure d'aucune précaution, d'aucun voile. Elle se livre à la fois à la vivacité, à la mutinerie, à l'indolence. Pourquoi réprimerait-elle les mouvemens divins de sa nature devant cet esclave? Elle s'est vouée, depuis que son deuil est fini, à tous les périls amoureux de cette société nouvelle; elle vit sans alarmes au cœur de la colonie, où règne une végétation de vices. M. de Boullogne doit l'y laisser encore un an. Les jeunes capitaines lui baisent la main, les vieillards murmurent des flatteries intéressées autour d'elle. Saint-Georges voit tout cela, ces regards, ces caresses, ces séductions. Il la voit avec sa candeur de jeune homme, avec ses sens de mulâtre. Son cœur bondit au-devant d'elle chaque fois qu'elle passe; ne lui suffit-il pas qu'elle soit libre et lui esclave, pour mesurer déjà la distance avec ce coup d'œil téméraire qui n'appartient qu'aux âmes jeunes? Elle-même, vous l'avez vu, attise ce feu. Elle ne s'inquiète ni de ce regard trop vif, ni de cet amour concentré comme la lave. La créole ne doit voir que ce qui est blanc; le jaune ou le noir, voilà pour elle une couleur négative!

Aussi, que lui importent les pas inquiets d'un pareil amour, ses folies ardentes, sa fièvre? Voit-elle le mulâtre prosterné le soir sur la natte que ses pantoufles ont touchée, baisant cette place et la rebaisant vingt fois, s'enivrant des émanations d'un voile oublié, d'une robe ou d'une mante suspendue? il rit, il pleure, il prodigue aux meubles épars de sa chambre des caresses insensées. Le voit-elle, haletant des mille rêves de sa nuit, sortir le matin sous la première brise qui tombe des mornes pour aller rêver devant le bruissement des grandes eaux soulevées comme son âme? Les raffales distinctes du vent qui gémit, ne sont-ce point ses soupirs? l'écume de cette mer, n'est-ce point le bouillonnement de sa pensée? L'image de cette femme le suit partout; sous cette enveloppe de beauté peut-il soupçonner sa froide nature? Hélas! comme la forêt de lianes qui pend sur sa tête, il la croit peuplée de tendres et doux murmures, il ne la sait pas insensible! Fasciné par son incroyable beauté, il la voit passer comme la reine de ses songes. La voilà à cheval, son voile vert flotte au vent, elle fend l'air balsamique de la plaine, elle cotoie la mer aux vagues phosphorescentes! Oh! si le pied du cheval pouvait glisser, si quelque reptile pouvait tout d'un coup surgir devant elle! Avec quelle joie, quel amour, Saint-Georges ne se lèverait-il pas pour la défendre?

Par un singulier hasard, le seul tableau qui ornât le salon de la marquise, c'était une toile de David Téniers représentant *Saint-Georges le Martyr délivrant une princesse*. La scène avait lieu près de Silène en Afrique. Saint-Georges, tribun des soldats, était revêtu dans ce tableau d'une longue cotte de mailles; son pied droit posait sur la tête d'un dragon énorme dont les naseaux vomissaient la flamme. Un bois de lance brisé était fixé dans l'aile de l'animal, dont l'œil menaçant regardait encore la princesse destinée à lui servir de pâture. La couleur toute flamande de ce tableau, son nerf, son éclat, avaient fait la plus grande impression sur le mulâtre. Dans son esprit, cette belle souveraine les cheveux nattés de perle, que son patron délivrait d'un si grand péril, c'était sa maîtresse, la noble marquise de Langey! Souvent le jeune homme considérait ce tableau et lui envoyait des baisers en l'absence de celle dont il lui retraçait l'image! Dorénavant toutes ses facultés ne tendaient qu'à un seul but, celui de vaincre la froideur de la marquise, d'enchaîner son attention. Cette fois, c'était un ravin qu'il faisait franchir à son cheval au risque de se tuer sur les bayaondes aiguës, un autre jour quelque buse effarée qu'il tirait en l'air, à côté de la berline, et qui venait s'abattre avec fracas dans ses roues. L'indifférence de Mme de Langey pour tous ces tours d'adresse, entrepris dans la seule idée de lui plaire, était visible; elle regardait à peine, entourée comme elle l'était de discoureurs tendres et passionnés, de conteurs aimables, séduisans. La créole se enchait à peine hors de sa voiture pour donner un ordre, encore était-ce rarement à Saint-Georges que ce bonheur venait à échoir ; en réalité il était nul, elle ne s'apercevait même pas qu'il l'accompagnât au milieu de ce cortége. Ce dédain résolu causait au mulâtre des tourmens inexprimables. Il eût donné sa vie pour obtenir un regard, un mot, un éloge! Alors s'élevaient dans son âme de sombres et d'orageuses pensées ; une voix qu'il n'avait pas ouïe jusque-là lui disant qu'il valait mieux que tous ces hommes assidus près de la marquise, il relevait la tête avec fierté et se promettait son jour de vengeance.....

Chaque soir, il ne craignait pas d'escalader les pitons les plus escarpés pour aller chercher ces petites plantes épanouies tendrement sous l'œil de Dieu et rafraîchies par les abondantes rosées. Il les mariait aux pervenches rouges, aux fleurs du caprier à longues siliques, de l'amélie, des jasmins du Cap, au milieu desquels leurs aigrettes diaprées scintillaient délicatement.

Chaque soir aussi, depuis un certain temps, il déposait ces fleurs sous la moustiquaire de Mme de Langey.....

La marquise, préoccupée du faste et des dépenses de M. le prince de Rohan, ne manquait pas de lui faire honneur de cette attention, en disant à sa mulâtresse :

— M. de Rohan est vraiment un homme unique! La cour de Versailles a eu raison de nous l'envoyer, car c'est un grand diplomate! Il ne me dit rien de son amour, conçois-tu?

Puis après avoir respiré les fleurs, elle reprenait avec un demi-bâillement délicieux :

— Il faudra que je le fasse parler !

XXI.

Le poison sous l'ongle.

> « Mon gentilhomme, me dit-il, votre souper est prêt ; venez, s'il vous plait, vous mettre à table. »
>
> (GIL-BLAS.)

D'après ce qui précède, il devient nécessaire de dire ici quelques mots de M. le prince de Rohan[1].

M. le prince de Rohan, qui devait recevoir plus tard les ordres définitifs du roi, concernant le rétablissement des milices à Saint-Domingue, opération militaire dont le mauvais effet détermina son rappel ainsi que celui de M. de Fauveau, commandait alors au Port-au-Prince la partie de l'ouest, comme M. de la Ferronais la partie du nord.

C'était un homme admirablement doué quant au visage et à l'extérieur, mais faible et violent à la fois comme le cabinet de France qu'il représentait. Le conseil de Versailles, qui espérait déjà se racheter par

[1] Le prince Camille de Rohan (Rochefort), grand bailli de l'ordre de Malte. Il était le frère du prince de Rochefort, le cousin germain du cardinal et l'oncle de la duchesse d'Enghien.

l'avarice et les prohibitions des pertes prochaines que causerait au commerce et à l'administration publique l'indolence coloniale, semblait prendre plaisir à charger alors ses préposés de multiplier dans l'île les fautes et les abus. Si l'on considère que la colonie la plus importante à la fortune et à la navigation françaises, la seule ressource peut-être de l'une et de l'autre, Saint-Domingue, l'objet unique de l'ambition des Anglais, pouvait devenir à la première guerre le point de mire sur lequel l'attention hostile de nos voisins se dirigerait, et qu'on ne faisait rien directement ni indirectement pour sa conservation et sa défense, on concevra qu'un état de choses semblable dût frapper le gouvernement français. Aussi parut-il s'en alarmer à plusieurs reprises, mais la mission de ses principaux agens, hérissée de difficultés, amena la fermentation par un mouvement trop vif, une ignorance absolue des localités, une présomption d'autorité qui devint funeste. Les exécutions militaires des Cayes et du Port-au-Prince, commandées par M. de Rohan, prouvèrent assez dans la suite que le ver rongeur qui attaquait Saint-Domingue existait plutôt dans l'anarchie imminente de sa législation que dans sa turbulence coloniale elle-même. La perfectibilité du gouvernement intérieur était le plus essentiel des moyens à employer, ce fut le seul qu'on omit.

La mollesse et l'incurie des délégués qui avaient précédé M. de Rohan l'engagèrent, il faut le croire, dans cette inflexibilité de caractère qu'il déploya. M. de Rohan, loin d'être un esprit nul, avait déjà voyagé avec fruit avant sa mission à Saint-Domingue. Rien ne lui paraissait mieux prouver l'influence d'un gouvernement sur une population que les établissemens des Anglais dans l'Amérique. N'avaient-ils pas fixé depuis le Canada jusqu'au Mississipi des peuples agriculteurs, navigateurs, commerçans? Au lieu de s'affaiblir pour former ces colonies, la métropole n'était-elle pas devenue chez eux plus hardie et plus puissante, tandis que sur la côte méridionale l'Espagne épuisait sans fruit les générations de l'Europe et de l'Inde? Les colonies anglaises étaient riches, celles de l'Espagne se mouraient. Les hommes, le blé, l'industrie, croissaient abondamment dans les premières; l'ignorance, l'or et les soldats ne servaient qu'à augmenter la misère des autres. Les Anglais avaient fondé des villes, formé des provinces, établi des manufactures, des cours de justice, des écoles publiques, des courses de chevaux, des concerts, des jeux; les Espagnols, après avoir créé des tribunaux de conscience, des églises, des garnisons et des forts, en étaient encore à demander aux entrailles du sol un métal dont l'abondance détruisait chez eux la valeur. En homme à qui le roi avait confié une partie de ses pouvoirs, M. de Rohan avait étudié ces points de comparaison. La Cayenne n'était certes pas une terre infertile; mais l'iniquité s'y étant propagée une fois, la colonie n'avait pas réussi. La richesse ou la pauvreté de Saint-Domingue dépendait-elle de la fertilité de son sol ou de la nature de son gouvernement? Cette question avait trouvé M. de Rohan très-fixé. Les mesures de ses prédécesseurs lui parurent mauvaises; ce qu'elles avaient de pis, à ses yeux, c'était l'arbitraire; plusieurs avaient dépassé leurs instructions. Il veilla à ce que les siennes fussent précises, afin que son attitude dans la colonie fût claire. Il ignorait que contre l'incertitude des lois, le règne des gens oisifs et des gens malhonnêtes, il n'y a pas de remède possible.

M. le prince de Rohan arrivait donc dans la colonie avec les intentions les plus fermes, il y fut obéi mais détesté. C'était une chose trop extraordinaire à coup sûr que cette sévérité résolue pour qu'elle n'excitât pas des murmures. M. de Rohan recevait depuis quelque temps des lettres sous le voile de l'anonyme, lettres qui n'étaient que des menaces. Il y était parlé à mots couverts de ligues sourdes, de piéges, d'empoisonnemens. Le prince méprisa ces lettres, déterminé qu'il était à faire son devoir et à ne pas donner prise contre lui aux courtisans. Il résidait, nous l'avons dit, dans la partie de l'ouest, composée de Léogane, de Saint-Marc et du Port-au-Prince. La plaine de l'Artibonite était de sa dépendance, et à ce titre la châtelaine *par intérim* de la Rose, la belle marquise de Langey, le recevait souvent comme son maître et seigneur.

La physionomie de M. de Rohan conservait le caractère distinctif des portraits de sa maison, de belles lignes nobles, un air impératif, une couleur pâle sillonnée de grandes veines bleues; il avait de l'éclat dans le regard, les dents belles, les façons hautes. On le disait présomptueux et magnifique, deux choses qui, dit-on, plaisent aux femmes. Comme il fallait qu'il y eût une ombre au tableau, on l'accusait seulement de leur parler avec cette sorte de rudesse altière que les Rohan, qui ont toujours prétendu au rang des maisons souveraines, se croyaient peut-être en droit d'apporter dans leurs moindres faveurs.

A l'exemple de celle du prince Louis [1] le grand aumônier de France, la demeure de M. de Rohan était devenue bien vite une demeure princière : il ne s'était pas endetté de plus d'un million comme le cardinal à son ambassade de Vienne, mais ses dépenses faisaient déjà du bruit dans la colonie. Les femmes le recherchaient parce qu'il avait au suprême degré le talent de ne pas les compromettre, il était réservé à l'égal d'un confesseur.

Entre toutes les autres, Mme de Langey espéra beaucoup de M. de Rohan; n'avait-elle pas au cœur certaines craintes trop fondées pour qu'elle pût les assoupir! ne savait-elle pas qu'elle courait elle-même de sombres dangers? Cette nuit terrible, nuit implacable, menaçante, où elle avait entendu Tio-Blas, se dressait incessamment devant elle comme un fantôme. En se mettant sous la sauve-garde de M. de Rohan, elle éloignait d'elle toute alarme : en l'attirant chez elle, c'était son propre asile, sa propre fortune qu'elle entourait d'un bastion inattaquable. M. de Rohan aimait le faste, la marquise était loin de le haïr, on le sait; il avait la ré-

[1] Le cardinal, d'abord évêque de Strasbourg.

putation d'un homme discret et n'avait jamais *dit* hautement aucune femme. Ce manége artificieux convenait de tout point à Mme de Langey. Comme elle avait passé sa vie à tâcher de ne pas aimer en dupe, elle alla au-devant des désirs secrets de M. de Rohan, trop décemment épris pour ne pas se taire, trop homme de cour pour ne pas l'attendre et la ménager. Ce furent, un mois durant, des airs de pruderie et de veuvage blessé qu'elle affecta ; elle évitait les parties de cheval que pouvait lui proposer M. de Rohan, près de l'Ester, la rivière aux [illegible]is d'argent, bords charmans, dont les fleurs liées [illegible] joncs verts se retrouvaient depuis quelque tem[illegible] dans le bouquet jeté sur son lit par une main incon-nue!.... Quand on annonçait M. de Rohan, la mar-quise le recevait avec une froideur respectueuse elle avait l'air de se mettre au clavecin seulement à s[illegible] prière, il fallait qu'il lui contât toutes ses mesures de sévérité. La conversation prenait alors un tour de rigueur féodale qui semblait flatter la châtelaine au dernier point.

— Vous êtes sévère, marquise, disait ce soir-là M. de Rohan ; eh quoi ! vous ne trouvez pas la punition de ce nègre espagnol suffisante ! On m'a assuré cependant que ça avait été toute la nuit un rugissement de panthères autour de sa fosse !..... Tous les noirs y venaient gémir et se rouler.

— Ce nétait pas assez pour un misérable Espagnol !

— Qu'est-ce, ma toute belle ? interrompit Mme d'Esparbac, survenue à pas de chouette au milieu de ce tête-à-tête galant; vous voilà le teint bien allumé de colère? M. de Rohan ne vous parlait-il pas d'un nègre domingois enterré vif [1] pour avoir baisé à la promenade le mouchoir d'une créole? Ce gouverneur de Santo-Domingo a du bon, n'est-ce pas, monsieur d'Esparbac?

— C'est à la marquise de Vierra que le mouchoir appartenait, reprit M. d'Esparbac avec une oscillation de tête qui envoyait sa poudre dans les yeux des gens à qui il parlait. Ce nègre était de Porto-Plata: on croit que le drôle était amoureux de la marquise!..... A la promenade des Ormes, la marquise de Vierra ayant laissé tomber son mouchoir, il l'a porté à ses lèvres avec une ardeur!..... et en levant sur elle des yeux!..... comme il en eût levé vers la vierge de sa cathédrale!..... Pour cela, enterré vif. Nos voisins, vous le voyez, monsieur le prince, sont plus sévères que nous! J'approuve l'exemple; c'était une femme de qualité! une grandesse de Madrid!

— Pour moi, reprit Mme de Langey, je trouve que messieurs les Espagnols, nos voisins, ne devraient jamais avoir accès dans la partie française de Saint-Domingue. N'est-ce pas, monsieur le prince? Vous savez qu'ils ne se font guère faute de nous apporter ici le produit de leurs pillages?

[1] « Des traits de barbarie passés en usage frappèrent souvent la vue du voyageur, partagé entre l'admiration que lui causait le spectacle d'une magnificence inouïe et l'horreur des traitemens dont il était quelquefois le témoin. »

(*Réflexions sur la colonie de Saint-Domingue*, par M. Barbé de Marbois, page 63.)

— Comment donc ! marquise, vous dites vrai ! Je viens, tenez, de recevoir de l'évêque don Fernando l'ordre d'arrêter un certain bandit du nom de Tio-Blas, qui a fait à plusieurs reprises des excursions de nos côtés..... J'ai là son signalement dans ma poche, pour peu qu'il vous soit agréable de le parcourir.....

Mme de Langey, dont la pâleur serait devenue visible — si elle n'eût été alors, en raison de sa toilette et du souper qui se préparait, couverte d'un pied de rouge, — garda encore assez de force pour repousser le papier et dire gaîment à ses convives :

— Voulez-vous descendre à ma volière, messieurs ?

Cette cage délicieuse venait à peine d'être achevée le matin et méritait l'attention des hôtes de la marquise. Placée dans une des galeries de la Rose, elle était entourée de quatre jets d'eau lançant une gerbe d'étoiles ; au dôme de ce plafond, une famille d'oiseaux de toutes couleurs y gazouillait sous une dentelle de fleurs et de verdure. Accoudés contre le treillis doré de la volière, Maurice et Saint-Georges admiraient ces plumages diversifiés, plus radieux et plus riches encore au feu des bougies, pendant que Joseph Platon leur expliquait les mœurs de chacun de ces oiseaux avec une gravité magistrale de naturaliste. Un troisième personnage, en habit de velours, l'épée au côté et le chapeau sous le bras, s'embarrassait fort peu des phrases de M. Platon et parlait à Maurice en termes fort animés. Il parut déconcerté comme un renard pris au piége, lorsque Mme de Langey souleva rapidement la tapisserie :

— Vous ici! monsieur Printemps, lui dit la marquise en le tirant à l'écart avec un air d'étonnement sévère. Vous ici, et M. le prince attend!

— Je vous rends mon épée comme feu Vatel, madame la marquise, si M. le prince attend plus de cinq minutes. C'est une fantaisie de M. le marquis Maurice..... il tient à manger ce soir du mulle-rouget[1]; et comme il ne m'a fait prévenir que tout à l'heure..... Mes gens n'en avaient pas dans leurs caziers, j'ai envoyé vers Saint-Marc; mais, rassurez-vous, nous tenons le mulle-rouget; nous le tenons, on l'apprête à la sauce noisette en cet instant même..... Je vais aux cuisines, excusez-moi, madame la marquise..... j'étais venu apprendre à M. le marquis qu'il était obéi.....

Les belles manières de M. Printemps, son air d'assurance et de politesse à la fois; plus encore que tout cela, sa soumission aveugle aux volontés du petit marquis, chassèrent le courroux du front de madame de Langey. Elle le vit partir sans se douter seulement, d'après son calme affecté, qu'il pût attendre encore ce plat si désiré de Maurice..... Cela était vrai cependant, et M. Printemps, nouveau Vatel, se trouvait sur les épines. Son noir était, depuis le matin, en campagne pour chercher ce poisson, fort rare dans la rade du Cap, et dont celles de Saint-Marc et du Port-au-Prince sont plus approvisionnées.....

[1] On sait que ce poisson de grande marée est fort recherché aux Antilles.

Pendant ce court dialogue de M. Printemps avec la marquise, la volière, et surtout Maurice qui la regardait d'un air curieux, occupaient l'attention de monsieur de Rohan. L'anniversaire de la naissance de Maurice devait être célébré à ce souper, c'était le moins que M. Printemps crevât deux noirs ou deux chevaux pour satisfaire l'une des plus chères fantaisies de l'enfant gâté. Revêtu d'une charmante étoffe de Perse à fleurs d'or, dont Mme de Langey lui avait fait présent à l'occasion de ce beau jour où le marquis son fils comptait sept années révolues, Saint-Georges regardait encore la marquise dans un recueillement respectueux, quand tout d'un coup la porte de la volière fut poussée avec violence, et M. Gachard, que l'on n'attendait pas, entra d'un air effaré.

Tous les oiseaux de la volière, épouvantés à leur tour de sa brusque apparition, battirent des ailes ; la perruque et les manchettes de M. Gachard se trouvant alors dans un si incroyable désordre qu'elles le faisaient ressembler à un épouvantail placé dans un champ de cerisiers.....

— Asile ! s'écria le financier, asile, madame la marquise ! Écoutez plutôt ce qui vient de m'arriver, et dites si l'on peut vivre dans un pays comme celui-là !

— Que vous a-t-on fait, monsieur Gachard ? il vous manque, je crois, vos boutons de strass, observa avec anxiété Mme l'intendante.

— Il me manque, pardieu, bien autre chose ! reprit-il d'un ton de voix lugubrement confidentiel, il me manque ma bourse et ma crapaudine de cinq cents louis, que vous admiriez tant, madame la marquise..... J'ai rencontré un voleur.....

— Un voleur! s'écria Mme de Langey.

— Un voleur! affirma M. Gachard en roulant des yeux inquiets autour de lui.

— Allons, dit M. de Rohan en riant d'un air superbe sur le sopha, vous allez sans doute, monsieur Gachard, nous raconter une histoire à la façon de M. de Voltaire..... En fait de contes de voleurs, vous ne pouvez avoir oublié le sien, monsieur le financier : « *Il était une fois un fermier général*, etc. »

— Oui, je sais, je sais, répondit M. Gachard, très-piqué de la citation..... mais mon voleur, monsieur le prince, n'est point un conte..... je l'ai vu en chair et en os..... là..... comme je vous vois.....

— Merci!

— Et puisque vous êtes chargé de veiller ici à la tranquillité de l'Ouest, poursuivit M. Gachard, je dois vous dire que ce gaillard-là, au rebours des brigands ordinaires, est peu grand de taille, le visage pâle, la chevelure et la barbe fort abondantes..... Je le crois de la partie espagnole.....

— C'est le signalement de mon homme, dit en se penchant vers la marquise M. de Rohan. Voyez plutôt.....

— Madame la marquise est servie! interrompit d'un air triomphant le maître d'hôtel, son chapeau bordé de plumes à la main.

Mme de Langey, après avoir jeté un coup d'œil rapide sur le papier que lui présentait de nouveau

M. de Rohan, le lui remit..... Elle avait reconnu le nom de l'Espagnol, et la certitude des poursuites dirigées contre cet homme lui rendait quelque assurance.

La nuit était venue tout à fait, une de ces nuits sans lune, comme on en remarque aux Antilles. M. de Rohan avait offert la main, sous la basque de son habit, à Mme de Langey; des noirs les escortaient avec des candélabres à triples branches. La salle à manger de la Rose se trouvait assez distante de la volière; en passant près de raisiniers épais, la marquise crut voir, à l'aide d'une raffale de lumière produite par les torches, deux hommes causer entre eux..... L'un d'eux jeta à l'autre un poids sonore dans son tablier, puis il s'éloigna à pas pressés..... Le signalement qu'elle venait de lire avait si fort troublé Mme de Langey qu'elle ne tira aucune conséquence de ce fait matériel, assez bizarre toutefois à pareille heure pour éveiller l'attention.

Rêveuse encore et prêtant à peine l'oreille aux paroles empressées de M. de Rohan, la marquise entra dans la salle à manger, ornée dès le seuil de guirlandes odorifères. Les fenêtres en étaient ouvertes, une brise divine apportait à ce lieu le parfum des citronniers. La table était circulaire, décorée de la plus belle vaisselle armoriée qui se pût voir, six glaces à trumeau l'encadraient, répétant à l'envie l'étage enflammé des lustres en cristal de roche. Recouverts de cloches d'or magnifiquement ciselées, tous les mets, sans excepter les poissons et les crustacées, se trouvaient cachés à l'œil et à l'avidité des moustiques. A une petite table apportée près de la grande figuraient deux chaises, l'une élevée et l'autre plus basse, c'était la table du petit marquis et de Saint-Georges. On s'assit, et l'on vit bientôt sortir du tour de la salle à manger près duquel se tenaient M. Printemps les huîtres de mangles, servies sur de longs plateaux d'émail.

C'était l'instant solennel de silence qui précède tout premier service ; MM. d'Esparbac, de Vannes, Gachard et quelques autres enviaient le bonheur du prince de Rohan, placé près de la belle marquise.

De charmantes femmes de la colonie assistaient à ce banquet, mais la marquise les avait choisies de façon à ne pas être vaincue par elles. Debout près du tour, comme un empereur romain, M. Printemps, après avoir fait fermer les fenêtres, venait d'ordonner à ses laquais noirs de lever les cloches.....

Cet ordre exécuté, une odeur infecte se répandit tout d'un coup dans cette salle, odorante et fraîche la minute d'avant; le maître d'hôtel sentit un frisson mortel courir à ses veines.....

— Qu'est ceci? s'écria-t-il en se hâtant vers la table de Maurice.

L'odeur était devenue si intense, en effet, que tous les convives, par un mouvement naturel, s'étaient levés..... Le poisson servi devant Maurice était primitivement d'une chair blanche et feuilletée; à cette heure, ses raies d'un jaune d'or, comme celles du *vivano*, étaient devenues noirâtres, une fétide évaporation s'en exhalait..... La truelle à la main, Saint-Georges se disposait à le dépecer pour Maurice, quand Mme de Langey, lui serrant le bras avec force, fit tomber la truelle à terre. Transportée de fureur, la marquise demanda à M. Printemps si ce poisson était empoisonné.

Le maître d'hôtel examina le mulle-rouget : sur les bords du plat, orné de moulures d'argent, suintait alors un jus roussâtre, c'était le jus du *manioc*, auquel on ne connaît comme contre-poison dans les îles que le suc de *raucou*.

M. Printemps déclara avoir visité le poisson à son arrivée, il affirma que le manioc devait avoir été distillé sur le plat à l'instant même.....

— Parleras-tu, misérable ? s'écria Mme de Langey, hors d'elle-même, en secouant Saint-Georges stupéfait..... M. de Rohan avait pâli ainsi que les autres convives, ce poison lui rappelait les menaces anonymes qu'on lui avait adressées. Maurice semblait hébété, il avait encore la serviette nouée sous le menton, et ne comprenait guère tout ce tumulte..... En voyant ces gentilshommes porter la main, par un mouvement machinal, à leur épée, le petit marquis avait voulu tirer la sienne pour se défendre, mais elle était rivée au fourreau par un clou, comme toutes les épées d'enfant.

— Par pitié, madame, répondit le mulâtre en se jetant aux pieds de la marquise, qui le terrifiait de son regard enflammé, par pitié ne me punissez pas, oh ! je ne suis point coupable ! Ce n'est pas moi qui ai passé le plat par le tour, j'étais ici..... Ce n'est pas moi non plus que l'on a chargé de l'acheter, vous le savez bien !

— Qu'on le fouille, dit M. de Vannes, il a peut-être encore sur lui le poison.

Un valet fouilla Saint-Georges et fit tomber de sa poche de derrière deux pièces d'or.

— D'où te vient cet or? continua la marquise avec le regard froid d'un procureur-général.

— Par ma mère, je n'en sais rien, balbutia-t-il, étonné de plus en plus. Je ne porte jamais d'or sur moi!..... Je n'en ai jamais touché!.....

Et le pauvre jeune homme interrogeait d'un air terrifié ces fatales pièces qu'on lui montrait. L'air courroucé de cette femme qu'il aimait tant l'avait étourdi, il ne savait que répondre.

— C'est bien, surveillez-le, et qu'on appelle le noir qui a servi le plat, dit M. Printemps. Ce doit être Ali.

Une tête crépue, horrible à voir, se fit jour à travers la foule, c'était celle d'Ali; le malheureux était ivre de tafia, on le poussa plutôt qu'on ne l'amena dans la salle. M. de Rohan examinait Saint-Georges avec un sentiment de compassion, dont malgré son dédain habituel il ne pouvait se défendre.

— C'est vous, Ali, je vous ai chargé, moi votre chef, moi le maître d'hôtel de la Rose, d'aller chercher ce poisson à Saint-Marc.

— Oui, monsieur Printemps, répondit le nègre avec un grognement sourd. Mais ce n'est pas moi qui l'ai servi..... reprit-il tout à coup en se voyant entouré de tous ces visages blancs de seigneurs émus et pâles, dont l'aspect dissipa chez lui les fumées de l'eau-de-vie.

— A qui donc l'as tu remis, caïman? s'écria M. Printemps furieux..... quarante mille coups de fouet, réponds, ou, si tu le préfères, l'on te jette pieds et poings liés dans l'Ester!

— Je l'ai remis au mulâtre Raphaël, murmura-t-il, il m'avait demandé de me remplacer..... Il m'a payé à boire pour cela..... faites-le venir, vous verrez.

A l'arrivée de Raphaël, que deux grands valets amenaient, M. Gachard poussa un cri de surprise, il reconnaissait le n° 142, l'homme qu'il avait fait battre de verges vingt jours avant!

Ce nouvel accusé promena en entrant un regard indifférent sur toute la salle. Il déclara qu'il ne savait rien, qu'il avait passé le plat afin d'avoir l'honneur d'entrevoir, disait-il, la compagnie. Du reste, on pouvait le fouiller, on ne trouverait point d'or dans ses poches comme dans celles du jeune mulâtre.

— Tu mens, vipère, tu mens! s'écria tout d'un coup en bondissant près de Saint-Georges une femme cachée jusque-là par un flot de nègres et de domestiques accourus. Tu mens, car voici la bourse que M. Platon vient de trouver sous la natte de ta case. Comparez les pièces d'or, madame la marquise, et vous verrez si elles ne sont pas les mêmes. Le misérable les aura glissées dans la veste de mon fils.....

Qu'est-ce que cela prouve? reprit Mme de Langey, si ce n'est qu'ils sont complices!

— J'atteste votre Dieu, madame, que Saint-Georges est innocent! dit la négresse en couvrant son fils de ses deux mains..... En même temps elle l'embrassait, elle cherchait à le rassurer par sa propre confiance. Le mulâtre ne disait rien, son œil nageait indécis sur ce monde qui l'entourait. Il se sentait foudroyé, anéanti !

— Attendez donc ! s'écria M. Gachard, c'est ma bourse, madame la marquise. D'où vient que ce misérable Raphaël possède ma bourse ? L'homme qui m'a attaqué près de votre maison ce n'était pas Raphaël !

Raphaël poussa un éclat de rire guttural et regarda insolemment le financier.

Contemple-moi bien avec tes yeux blancs, monstre d'ébène ; te voilà pris au lacet pour deux crimes..... deux crimes que tu vas avouer, toi et ton complice Saint-Georges, dit M. Gachard en se soulevant sur ses gros poings. Monsieur Platon, n'allez-vous pas faire étriller ces drôles-là ?

— Puisqu'ils font les délicats, dit M. de Vannes, nous aussi nous les traiterons délicatement. Je pense, monsieur le gérant de la Rose, que vous feriez bien de leur faire goûter de ce poisson !

A cette proposition de M. de Vannes, prononcée avec le plus atroce sang-froid, Noëmi, sentant ses genoux fléchir, rassembla tout son courage. Adressant avec ardeur sa prière à ce Dieu qui avait sauvé déjà une fois son cher Saint-Georges, elle le supplia de lui donner à elle, pauvre mère, la force de convaincre ces hommes assez obstinés pour supposer un tel crime dans son enfant. Par une de ces illuminations soudaines que le ciel accorde aux mères comme une récompense et un bienfait, elle comprit qu'elle seule pouvait le sauver, et s'adressant à M. le prince de Rohan :

— Monseigneur, continua-t-elle comme étouffée par la joie et en se jetant à ses genoux, ordonnez au mulâtre Raphaël de tremper son ongle dans ce verre !

Et sa main tremblante d'émotion, plus encore que de colère contre cet homme, versait l'eau cristalline d'une carafe dans un verre pris sur la table ....

Deux laquais forcèrent Raphaël à y tenir l'ongle de son index plongé..... Cette eau pure, à l'égal d'un miroir, se ternit soudain; décomposée dans l'intervalle d'une seconde, elle ne tarda pas à produire l'exhalaison infecte du poison.....

— Que cet homme boive ce verre! s'écria Mme de Langey. Le misérable voulait empoisonner mon fils!.....

On porta le verre aux lèvres de Raphaël..... Malgré sa résistance, il le but, tourna sur lui-même et tomba pesamment sur le parquet.

Le cercle d'un blanc mat où roulait son œil s'était déjà couvert de fibrilles vertes et livides.....

— Merci, vieille *zombie*[1], merci !..... tu avais deviné juste..... hurlait-il en se roulant, le poison venait de moi..... l'or, de cet homme..... Noëmi, nous mettons le poison sous l'ongle, nous autres, tu le sais, on ne va pas nous le chercher là.....

Puis en se tordant et en faisant craquer ses membres contre la table :

[1] Sorcière.

— Ton fils est innocent..... reprit-il, cet homme seul et moi.....

— De quel homme parlez-vous ? dit M. de Vannes en lui faisant soulever la tête.....

— D'un homme qui avait vu mon supplice..... qui hait cet enfant, continua-t-il en montrant Maurice, cet homme..... m'avait dit de me venger..... c'est.....

La marquise se leva comme pour lui imposer silence, mais elle n'avait rien à craindre, car Raphaël était mort.

XXII.

La livrée.

> Nessun maggior dolore
> Che ricordarsi dell' tempio felice
> Nella miseria!

> A Saint-Domingue, *quiconque* est blanc maltraite impunément les mulâtres et les noirs. Leur situation est telle qu'ils sont esclaves de leurs *maîtres* et du *public*.
> (*Considérations sur la colonie de Saint-Domingue*, par H. D., t. Ier, p. 145.)

La conclusion de cette scène devait être fatale à Saint-Georges..... Émue du péril que venait de courir son fils, voulant le mettre à l'abri de toute attaque nouvelle, la marquise ordonna à Saint-Georges de le quitter et d'aller revêtir à l'office la livrée des laquais de sa maison.....

En cela Mme de Langey pensait comme doit penser toute créole. Le caractère inné de fourberie hypocrite que l'on prêtait aux nègres et aux mulâtres conseillait cette mesure. Tôt ou tard Saint-Georges pouvait se mettre de connivence avec *son* ennemi; rien ne devait lui paraître moins sûr que ce cœur d'esclave pétri de malice et de bassesse.

Accusé d'un crime qu'il n'avait pas même soupçonné, Saint-Georges s'en était vu décharger devant tous par l'aveu même de son auteur; Noëmi, sa mère, avait démontré son innocence; mais il était mulâtre, sa couleur parlait contre lui, il devait se regarder comme heureux d'en être quitte à ce prix!

En s'éloignant de Maurice, qui le regardait partir de l'air contrarié d'un enfant auquel on arrache son jouet, Saint-Georges sentit une larme déborder de sa paupière..... Maurice, n'était-ce pas l'unique lien qui l'attachait à ce monde nouveau pour lui, monde d'espérances et d'illusions aimées qui lui échappait! Qu'allait-il devenir? et sous quelle glèbe lui faudrait-il se courber?

Oh! si les convives de la Rose avaient pu démêler les secrètes agitations de cette âme, sa fierté blessée, sa rage! N'avait-il pas atteint cet âge de la vie où l'invincible curiosité de tout connaître donne des ailes à l'intelligence? Ne pouvait-il donc entrevoir déjà l'amertume de la domesticité, cette humiliation plus lourde aux cœurs altiers que l'esclavage? Après avoir mangé le pain blanc de cette maison, supporterait-il le pain de rebut donné aux nègres, les froids sarcasme de la valetaille, les rivalités basses et l'exil dans la mansarde? Il avait vu de près ces splendeurs asiatiques de Saint-Domingue, ces fêtes, ces pachas au milieu de leurs harems et de leurs esclaves; il avait partagé les heures dorées de Maurice, il s'était enivré de la contemplation muette de Mme de Langey! Et c'était de sa bouche qu'il recevait cet ordre fatal! C'était cette femme, pour laquelle il aurait donné sa sa vie, qui prenait plaisir à le rabaisser cruellement !

Il hésita en vérité s'il ne se jetterait pas aux genoux du prince de Rohan, comme sa mère avait fait ; mais il éprouvait une honte secrète d'implorer la merci de ce seigneur, lui qui avait déjà l'orgueil d'un blanc ! lui à qui sa mère avait dit souvent qu'il devait commander au lieu d'obéir !

« Pauvre jeune homme ! » murmura près de lui une douce voix, une voix qui eût mis du baume dans sa plaie, si le délire n'eût point alors secoué sa raison.

En prononçant ces mots, la figure de Finette avait pris l'expression de la plus angélique douceur ; elle tendit la main au mulâtre et le conduisit sous les cotonniers épais que le vent faisait alors plier sous leurs flocons.

C'était un asile de fraîcheur et de silence. Le voile de la nuit fuyait déjà replié sous le vent de cette mer des Antilles qu'argentaient les blancheurs matinales de l'aube. Saint-Georges pleurait, son courage s'était brisé.

— Laquais ! s'écria-t-il, laquais ! Lorsque je l'aimais, Finette, lorsque je me serais fait broyer, pour la voir, sous les pieds de son cheval ; laquais ! C'est elle qui le veut, qui l'ordonne, ne viens-tu pas de l'entendre ? Finette, Finette, tu ne peux savoir ce que je souffre !

En entendant cet aveu, la mulâtresse resta quelques secondes sans parole.

— Comment ! reprit-elle avec douleur en le fixant,

c'est Mme la marquise que vous aimez ! C'est elle ! c'est elle ! je ne vous suis donc rien, moi !

— Accuse-moi, Finette, accuse-moi ; un mulâtre, je le sais, doit aimer une mulâtresse... c'est la règle... Mais Finette, tu es vengée, cet amour est un amour sans espoir..... Je ne l'aime pas comme ces blancs parfumés, vois-tu bien, je l'aime avec violence, avec délire ! Cette livrée, Finette, je ne devrais pas la porter, mais je la verrai sous cette livrée, je l'entendrai, et pour moi, la voir ou l'entendre, c'est le soleil, c'est la vie !

— Ma maîtresse n'aimera jamais quelqu'un, reprit Finette, elle se laisse aimer, voilà tout ! Avez-vous de l'or, des diamans ? Êtes-vous marquis ou prince ? Mon pauvre Saint-Georges, on vous attend à l'office... Vous monterez derrière la voiture, ami, vous vous tiendrez droit comme un piquet à la portière.... Mme d'Esparbac vous donnait jadis des bonbons, Dieu veuille que vous ne receviez point des coups ! Ah ! vous voulez tâter de l'amour, et de l'amour des grandes dames ! Pauvre enfant ! voilà une belle ambition ! Quoi qu'il vous arrive, n'importe, je veux être votre bon ange ! Un jour vous direz : « Finette m'aimait, je ne l'aimais pas, je le lui ai dit, cela n'a rien fait, elle m'a toujours aimé !.. » Et maintenant, Saint-Georges, séparons-nous, la cloche de la cotonnerie a sonné, allez à l'office, car, encore une fois, l'on vous attend !

Des larmes pareilles aux perles de cette rosée filtrant, à cette heure, de branche en branche, coulaient sur les joues de la mulâtresse. La confidence de ce triste amour avait été pour elle un aiguillon cruel, imprévu ; mais la désolation de Saint-Georges l'avait touchée. Il y eut d'abord dans l'âme de cette fille de sa couleur un sentiment d'orgueil froissé qui fit place bientôt à la compassion dès que Finette découvrit l'abîme des peines auquel il se condamnait.

— Soyez heureux, Saint-Georges, dit-elle en séchant les larmes du jeune homme sous le feu de ses baisers. Soyez heureux, moi je vous aurais bien aimé!

Hélas! la pauvre fille ne se doutait pas plus que Saint-Georges à quel triste emploi il allait se voir réservé; il ne l'apprit que trop tôt. Le cadre des gens de service de la marquise était rempli; elle-même s'était abusée en le reléguant à l'office; il ne restait qu'une place d'aide aux écuries! La livrée du mulâtre devait consister en un sarrau d'étoffe grise; son turban de perles, il le devait échanger contre un bonnet de ferme; ses pantoufles pailletées, contre de lourds sabots. Par ordre de Joseph Platon, on tira d'une armoire huileuse la défroque d'un palfrenier mort, et l'on força le mulâtre à l'endosser.

Quel deuil et quel changement! Jusque-là Saint-Georges ne s'était jamais pris à réfléchir sur sa profonde misère. Les humiliations d'un homme de couleur aux colonies lui apparaissaient presque douces et supportables à côté de ces insignes de honte, dont les railleries intéressées de ses anciens camarades ne manquèrent pas de lui faire sentir encore plus le poids infamant.

— Du moins, s'écria-t-il en frappant de rage son front contre les nattes de l'écurie! du moins si je la voyais, si je ne portais pas cet habit infâme, si je pouvais lui parler à elle ou à Maurice !

Mais Maurice et sa mère ne faisaient pas seulement attention à lui. Redoublant les précautions autour de son fils bien-aimé, la marquise ne le laissait plus se promener par les cours qu'avec le bataillon impénétrable de ses professeurs, il n'y avait pas d'occasion de rencontre entre lui et Saint-Georges qu'elle n'écartât.

Banni du salon et ne pouvant pas même prétendre à l'office, le mulâtre passait ses journées dans l'abattement et les larmes..... Il chercha d'abord tous les moyens de rentrer en grâce chez Mme de Langey, il écrivit, il fit parler par Finette, Finette dont le bon cœur s'étendait comme une douce percée d'azur sur chacun de ses orages. Finette lui rapporta que Mme de Langey avait pris sa lettre avec des pincettes et l'avait jetée au feu, lui demandant avec colère comment elle osait lui faire toucher la lettre d'un mulâtre..... Repoussé de ce côté, Saint-Georges se tourna vers M. Joseph Platon ; mais le gérant était un homme faible, soumis d'ailleurs aux volontés de M. de Lassis, qui venait d'arriver à la Rose, il n'y avait aucun espoir de ce côté ! Tout ce que Platon put faire aboutit à quelques conseils et à quelques gourdes que le digne gérant promit à Saint-Georges ; mais il fut moins prodigue de gourdes que de conseils.

Dès le premier jour de cette disgrâce, Noëmi avait bien songé à le retirer chez elle ; mais outre que ses vivres et sa paie devenaient plus restreints de jour en jour, son fils *appartenait* à l'habitation de M. de Boullogne, il y était inscrit, sinon étampé, sous le n° 143. Noëmi ne put donc apporter aucun soulagement à cette douleur, elle dont le cœur maternel saignait à chaque blessure de son enfant! Le soir, quand il se couchait enveloppé d'un pagne en lambeaux dans cette immense écurie, il trouvait seulement la Bible de sa mère ouverte à quelque chapitre sublime de résignation, celui de Job ou de Tobie, par exemple. A leurs pages humides encore de quelques larmes tombées, il reconnaissait que sa mère n'avait plus, hélas! d'autre ressource que de prier; mais aussi cette mère était devenue chrétienne, les exhortations du curé de Saint-Marc et encore plus sa reconnaissance pour lui avaient fait descendre la persuasion dans son cœur; elle n'avait pas hésité à adorer le Dieu de son fils!

Dans les colonies, à l'époque de cette histoire, les habitans des villes, tous ceux qui ont besoin du gouvernement, qui tiennent à l'administration de la justice, les marchands, facteurs et agens du commerce étaient couverts de bijoux, de broderies, de galons, leur luxe de parure singeait celui des seigneurs. Saint-Georges les voyait passer devant ses yeux avec des équipages de grand prix, des habits de velours qu'ils ne craignaient pas de revêtir, malgré la chaleur, pour aller se renfermer à la Comédie. Dans les villes, c'étaient mille boutiques où ruisselait l'or; il entendait dire qu'il y en avait peut-être pour 40 millions à Saint-Domingue. Autour de lui les femmes et les jeunes gens de la colonie s'agitaient dans une perpétuelle ivresse, les chaises dans lesquelles les moindres pacotilleurs roulaient eussent fait honte aux honnêtes et vieilles charrettes couvertes de cuir mal tanné qui voituraient l'ancien gouverneur, M. le marquis de l'Armage. Près les belles haies de campêches et de citronniers qui bordaient la Rose c'étaient, le soir, de douces et tendres paroles, des robes blanches de mulâtresses, des chants, des airs du pays glissant sur le vert tendre des buissons. A l'intérieur de cette cour, où on l'avait parqué, tout était deuil et tristesse; au dehors, tout était amour et joie!

Un jour, il apprit de Finette qu'il devait y avoir spectacle à Saint-Marc. Le théâtre était demeuré longtemps fermé; la marquise et Maurice y assisteraient, Finette le lui avait dit. A force d'économie, sa mère s'était procuré un frac de velours, il le savait; ce frac devait lui servir à la messe aux grands dimanches. Sans en prévenir le moins du monde Noëmi, il s'en para, et prenant un cheval à l'écurie, il le monta dans cet équipage jusqu'à Saint-Marc. En agissant de la sorte, il savait à merveille qu'il encourait le fouet, l'amende, la prison; mais c'était une invincible joie qu'il contentait. Mme de Langey allait enfin le revoir, et le voir sans sa livrée! Le cœur lui battait; en payant sa place à ce théâtre, il ne tarda pas à voir la loge de la marquise remplie des plus brillans uniformes, les commandans et les officiers militaires y formaient contraste avec le menu peuple et la négraille. Saint-Georges reconnut dans cette loge la chaise qu'il occupait près de Maurice trois mois avant; elle se trouvait vide par un singulier hasard; le bras nu et diaphane de Mme de Langey reposait sur son velours..... Oh! comme cette vue fit refluer le sang à son cœur, comme il se sentit ému à la vue de cette place solitaire! Il s'était adossé à l'entrée même du parterre, espérant que là, son air, son attitude, ne pourraient échapper à Mme de Langey..... Un homme vint lui dire impertinemment qu'il n'y pouvait demeurer, et que les mulâtres devaient aller aux *secondes*.

—C'est la loi précise de la Comédie, ajouta l'homme, les blancs aux premières, les mulâtres aux secondes, les noirs aux troisièmes. Et il le prit par le bras.

Ce qui affecta le plus Saint-Georges, ce ne fut pas la brutalité de cet employé, ce fut la place qu'il lui désigna du doigt. Elle se trouvait juste du même côté que la loge de Mme de Langey, ce qui privait le mulâtre de la voir, lui qui n'était venu que pour elle. Durant tout ce mortel spectacle il eut le regard constamment attaché sur le bras de la marquise, qui de temps à autre effleurait les franges de la loge..... Maurice, en ces momens d'absorbante contemplation, avait disparu entièrement de sa pensée.....

— Ah! je vous y prends, monsieur le voleur, murmura la voix d'un commandeur demi-ivre, vous allez sortir d'ici, dans un entr'acte, mon faux marquis, non pour recevoir des coups de lanière, car cela serait trop peu, mais pour essuyer le supplice réservé autrefois à la rébellion, dans les îles où j'ai vécu, le *croc*[1], rien que cela, on vous en détachera demain matin!

[1] Ce *croc*, ou poulie de fer, auquel on suspendait l'esclave, lui entrait dans les chairs sous les aisselles. On l'en détachait, pour certains cas, après peu de temps; mais souvent aussi on

Le jeune homme frémit et pâlit tour à tour à l'idée de cette infernale vengeance. Celui qui lui parlait était connu pour son horrible méchanceté, c'était une bête brute qui se roulait dans l'opium et le vin pour mieux rugir.

— Un habit et un cheval de volés! Ah! rien que cela, mon jeune drôle! Allons! monte ces gradins et suis-moi!

A la voix de cet homme, les spectateurs s'étaient attroupés, Mme de Langey elle-même s'était penchée hors de sa loge.

— Viendras-tu, maraud? ou faut-il que je t'enlève par les oreilles!

Saint-Georges n'entendait plus, il était tout entier à Mme de Langey. Il y avait plus de quinze jours qu'il ne l'avait vue, il s'abreuvait de son image, il était fou!....

Dans cette inclinaison rapide de toute sa personne sur le devant de sa loge, la marquise était superbe... Des épaules éblouissantes de blancheur, des cheveux d'une eau si pure! Jamais plus belle image ne se balança sous l'œil de Lawrence ou de Thompson!

Le mulâtre, abîmé dans cette vision inespérée, retenait jusqu'à son souffle..... Vainement était-il devenu l'objet de l'attention inquiète de ses voisins, il ne vit pas même le commandeur étendre sur lui son bras athlétique et le saisir par les oreilles, au

l'y laissait exposé au milieu des airs, au soleil et aux mouches, sans nourriture, sans boisson, et jusqu'à ce qu'il eût terminé sa vie après plusieurs jours de souffrances que rien ne peut rendre.

point de le soulever en répandant une trace de sang sur les banquettes.....

Transporté de la sorte par cet homme féroce jusqu'à un couloir obscur, Saint-Georges s'évanouit.....

En se réveillant le lendemain à la suite d'un épouvantable sommeil qui avait duré quinze heures, le mulâtre se trouva dans une petite chambre de la Rose où Finette et sa mère le veillaient.....

XXIII.

Rencontre.

> « Sauve-toi, s'écria celui-ci, sauve-toi, Antonio ! »
>
> (HOFFMANN.)

— Que m'est-il arrivé ? demanda-t-il en voyant ses bras meurtris et la charpie sanglante qui entourait ses oreilles..... Il me semble que le galop d'un cheval bruit encore dans ma tête..... C'est vous, ma mère, c'est toi, Finette, n'est-ce pas ?

— Donne-moi ta main, fils aimé, tu as la fièvre !

— La fièvre ! oh ! non ! je vais mieux..... Laissez-moi vous dire la fable de M. Maurice, celle que je lui lisais souvent... Comment donc ?... Attendez.....

« *Deux pigeons s'aimaient d'amour tendre.....* »

Ses yeux se mouillèrent de larmes ; il ne put continuer ; sa tête retomba sur l'oreiller.

— Un peu de limon, et ferme les yeux. Tu as besoin de dormir.

Et pendant qu'il reposait la négresse ouvrit sa Bible et elle lut :

« *Si je crie dans la violence que je souffre, on ne m'écoutera point; si j'élève ma voix, on ne me rendra pas justice.*

« *Le seigneur a fermé de toutes parts le sentier que je suivais, et je ne puis plus passer; il a répandu des ténèbres dans le chemin étroit par où je marchais.*

« *Mais celui-là seul est puissant et redoutable qui fait régner la paix dans ses hauts lieux.*

« *Peut-on compter le nombre de ses soldats, et sur qui sa lumière ne se lève-t-elle point*[1] ?

Noëmi ferma le livre; un rayon d'espérance avait pénétré le cœur de cette mère.....

— Pauvre enfant! comme ils l'ont battu! murmura Finette à voix basse, en baisant les bras du mulâtre pendant son sommeil. Ils étaient marbrés de coups.

— Poussez la fenêtre, Finette, l'air qui vient des jardins le rafraîchira; voici une infusion de thym des savanes que je lui prépare.

— Les belles feuilles longues et dentelées! Elles imitent celles du *chamœdris*. Ce thym des savanes, mère Noëmi, ne fleurit-il pas toute l'année?

C'est avec la *liane à cœur* un des meilleurs vulnéraires de l'île. Mais tu te connais donc en plantes, chère Finette?

— Du tout, mère Noëmi, je me souviens seulement de ce nom de *chamœdris*, parce qu'un de ces *caperlatas* ou charlatans qui courent les rues et les places à la Guadeloupe m'en prescrivit l'usage dans une longue maladie. Je n'étais pas alors au ser-

[1] Livre de Job.

vice de Mme la marquise, je n'y suis entrée que deux mois avant la mort de son mari. Cet exécrable médecin fit tellement traîner en longueur la maladie, qu'à ma convalescence ma mère eut toutes les peines du monde à le payer... Si je vous avais connue, bonne Noëmi, j'aurais été sur pied bien plus vite. Mais nous n'habitions pas le même quartier.....

— Oh! reprit la négresse en secouant la tête d'un air rêveur, tu dis vrai, Finette, j'ai sauvé la vie à bien des gens! La nuit de Noël, par exemple..... continua-t-elle, en fixant les charbons sur lesquels bouillonnait son vase de terre.

— Et qu'avez-vous donc fait la nuit de Noël? demanda Finette avec un élan de vive curiosité.

— Oh! rien... rien qui puisse intéresser une autre que moi.....

— Mais encore, mère Noëmi?

— Eh bien, la nuit de Noël, j'ai sauvé la vie à une grande dame... et à son enfant, il y a de cela quelques années... Je ne puis te dire son nom par une raison toute simple, c'est que moi-même je ne le sais pas..... Tout ce que je sais, c'est qu'elle était, ainsi que son enfant, en danger de perdre la vie... On est venu me chercher, je les ai sauvés... c'est tout.....

— Et depuis, il ne vous a pas été possible de savoir qui elle était?

— Je n'ai là-dessus aucun indice. Trois jours après cette scène on m'a ordonné de quitter l'habitation des Palmiers, pour venir à celle de la Rose. Pourtant je n'avais rien fait de mal, et j'aimais tant les Palmiers!

— On ne vous avait pas même payé ce service !

— Oh ! pour cela, si fait ; de l'or..... cinq belles pièces d'or. Je les garde encore précieusement pour celui-là..... dit-elle en montrant le jeune homme qui dormait. Il m'a vu cet or l'autre jour, il n'en pouvait revenir..... Pauvre cher petit ! C'est pour lui surtout que je voudrais savoir, Finette, qui est cette grande dame, j'irais la trouver ou je lui ferais écrire, je réclamerais sa protection, car elle est puissante, Finette, elle connaît peut-être M. de Boullogne autant que Mme de Langey..... Oui, mon Dieu, je me jetterais à ses pieds, mon enfant ne serait pas battu, Finette, j'ai sauvé le sien !

— Quoi, sauvés tous deux ! quel péril couraient-ils donc ?

— Je n'en puis dire davantage, Finette, on m'a fait promettre le secret..... D'ailleurs il y a longtemps de cela, et cette dame est sans doute loin.....

— Que vous avez là sur vous de beau linge de Hollande, négresse, et que ce tour de chemise est coquet ! dit Finette, voyant que Noëmi voulait rompre la conversation.....

— C'est un reste de ma *rechange*, Finette, j'étais autrefois nippée à te faire envie, à toi la plus belle fille de l'Artibonite !

— Tiens, voilà que vous me louez, comme M. Printemps ! Il me disait hier, en me priant de lui tenir sa casserole pour des *pattes d'oies bottées à l'intendante,* que je ressemblais à ma maîtresse, et qu'il était temps pour moi de former un établissement. Comme il s'était mis à me lutiner avec ses aides de cuisine, savez-vous ce que je lui ai répondu? Que je n'aimais qu'une personne au monde, un être qui ne me payait point de retour!... mais chut! ajouta Finette, en posant mystérieusement son joli doigt sur ses lèvres, celui-là dort, et il ne faut pas le réveiller!

— Tu aimes mon fils! soupira la négresse, tu l'aimes! N'est-il pas vrai qu'il est beau? Je tremble seulement, Finette, qu'il ne soit jamais heureux.

— Vous dites vrai, Noëmi, car celle qu'il aime, reprit Finette avec amertume, celle qu'il aime, ce n'est point moi......

— Et pour qui son cœur aurait-il déjà parlé?

— Pour une femme, Noëmi, qui n'aimera jamais son amant, cet amant fût-il aussi beau que le soleil sortant de la mer d'émeraude qui ceint nos plages, pour une femme qui ne le regardera seulement pas, pour Mme de Langey!

— Madame de Langey! s'écria Noëmi en se levant avec un tremblement convulsif, jamais, jamais, Finette! Mais tu te trompes, oh! cela ne se peut pas; il n'aime pas Mme de Langey!

L'exclamation de Noëmi venait de réveiller le jeune mulâtre..... Il étendit ses bras, et il vit sa mère à son chevet, sa mère glacée, immobile.....

— Qu'as-tu, mère? lui demanda-t-il, ta main est trempée de sueur plus encore que la mienne..... Rassure-toi, je serai guéri demain..... Je faisais tout à l'heure un rêve qui m'inondait de bonheur et de délices..... J'étais beau, fêté, chacun me souriait, les femmes blanches elles-mêmes, oh! c'était un bien beau rêve! Je ne rentrais plus dans une chétive hutte, mais dans un palais. Je me suis réveillé quand j'allais parler à une reine, à la reine de France, oui, bonne mère !..... à la reine !

— Enfant ! pauvre enfant ! que Dieu exauce ton sommeil !

— N'est-ce pas de cette fenêtre, dis-moi, Finette, que l'on aperçoit la volière de la marquise ? Tu es debout contre cette fenêtre, tu peux voir ce qui se passe sur la pelouse ?

— M. le marquis Maurice s'y promène tout seul avec M. Joseph Platon.

— Tout seul !... c'est vrai... l'on m'a chassé, je ne suis plus *son* Saint-Georges ! Te souviens-tu, Finette, de cette piqûre de moustique qu'il attribuait un jour au dard venimeux du scorpion ? On ne savait ce que cela deviendrait, moi je me mis à sucer la plaie au risque d'être empoisonné ! Et c'est moi que l'on accuse d'avoir voulu le tuer par le poison !

Il s'animait lui-même au feu de ces dernières paroles, il regardait le ciel, qu'il semblait prendre à témoin de cette injustice.

— Ne vous emportez pas, Saint-Georges, votre condition va changer, M. Platon assurait hier que vous ne serviriez plus que lui ; il a obtenu cela de Mme la marquise. Ignorez-vous qu'il possède aussi trente nègres et qu'il a acheté la moitié d'une caféyère à huit milles d'ici !

— A huit milles !

— Oui, près la route des Cayes. Elle est située sur le plus charmant plateau qui puisse se voir.

— A huit milles ! murmura le triste jeune homme.

— Qu'avez-vous donc? vos lèvres se heurtent comme si elles poursuivaient quelques mots intérieurs.....

— Je n'ai rien, rien, je t'assure..... seulement j'ai un peu froid; ferme cette cette fenêtre, ma bonne Finette.

— A huit milles d'ici! se répétait le mulâtre à voix basse et lente. Ne plus la voir! Mon Dieu! c'est un exil, j'eusse préféré souffrir sous ses yeux!.....

— Bonne nouvelle! mon cher Saint-Georges, vous me revenez, s'écria Joseph Platon qui entrait. Le digne homme balançait à sa main une grande carte semée de lignes jaunes et rouges.

— C'est le plan de ma caféyère, mon jeune ami. D'après l'avis de M. de Lassis, qui vous a trouvé fort et découplé, vous avez besoin de ne pas vous amollir dans les délices de Capoue, c'est-à-dire de la Rose. Or, ma nouvelle plantation est sur un plateau favorable à la culture, je vous arrache à la Rose ainsi que Noëmi, je vous installe là dans mes domaines, car au lieu de me faire les gros yeux comme je l'avais craint, cet excellent M. de Lassis m'a adjugé cette lande de terre, au prix coûtant, il est vrai; mais enfin je suis seigneur! En cette qualité, je vous enjoins de vous tenir prêts, nos fourgons partiront cette nuit même.

— Cette nuit?

— Oui, cette nuit, vous serez parbleu bien soigné. Votre mère-nourrice Noëmi ne vous quittera pas, elle vous chantera tout le long du chemin des airs créoles; cela vaudra mieux pour vous que le spectacle de Saint-Marc, où vous avez manqué de laisser vos deux oreilles! Allons, préparez-vous, je cours veiller aux apprêts de ma caravane!

Et Joseph Platon descendit l'escalier en fredonnant un refrain de vieil opéra. Saint-Georges était demeuré sans voix devant cette ivresse stupide du gérant de la Rose, ivresse qui renversait tout le plan de son bonheur. Pour Noëmi, sa joie de quitter cette demeure était réelle : Platon ne venait-il pas de lui dire que le sort de son fils devait être amélioré? L'esprit borné des négresses croit toujours aux félicités possibles, et celle-là son fils la méritait, ce serait pour lui une terre de Chanaan toute nouvelle! D'ailleurs cette émigration forcée l'arrachait au fatal amour dont Finette lui avait fait confidence, et que la négresse maudissait intérieurement. Elle s'éloigna, laissant Finette pensive et regardant Saint-Georges avec de grands yeux noirs tout humides.

— Est-ce que vous irez là-bas, Saint-Georges? murmura la triste enfant. Qui vous aimera aux Cayes après Noëmi? qui vous dira de ne pas désespérer?

— Rassure-toi, Finette, je n'irai pas.

Il y eut une vibration mélancolique dans cette phrase soudaine. Le mulâtre regardait Finette avec une lucidité de regard qui donnait à ses yeux l'éclat d'un diamant noir. Tout d'un coup il l'embrassa avec transport et comme il ne l'avait jamais embrassée; l'étreinte d'un adieu que l'on pressent devoir être suprême possède seul cette force amère et sombre.

— Vous n'irez pas aux Cayes, vous me le promettez ? dit-elle.

Le carillon flamand de l'habitation sonna trois heures : c'était le goûter de Maurice ; la mulâtresse descendit.

— Mon bon ange est parti, pensa tristement Saint-Georges en la regardant s'éloigner ; pourquoi n'est-ce pas Finette que j'aime ?

— Je n'irai point aux Cayes ! reprit-il résolument en se levant après son départ.

Il fit un paquet de quelques hardes qu'il mit au bout d'un bâton, sortit de cette chambre, qui était une chambre des communs, et se réfugia sous des paletuviers assez distans de l'écurie. La nuit tardait au gré de son désir impatient ; il observa tout de cette cachette, les fourgons attelés, les noirs réunis, les bêtes à cornes qui devaient les suivre. Il espérait sans doute n'être point vu, cette fois ce fut Noëmi qui le trahit. Devinant sa résolution, elle l'en gronda ; ne seraient-ils pas tous les deux réunis dans ce voyage ? La négresse, on le pressent, ne l'interrogea pas sur Mme de Langey..... Elle lui représenta seulement sa mauvaise fortune dans cette demeure funeste, les douleurs et les supplices qui l'y attendaient. Le sifflet des nègres commandeurs appelait en ce moment les esclaves de départ. Saint-Georges monta dans l'une de ces charrettes sans savoir ce qu'il faisait, on l'y entassa près de sa mère. Les chevaux partirent au grand trot, la nuit était noire, et l'on distinguait à peine la croupe luisante et polie de quelques mules indociles attachées par la bride à ces fourgons.

A la chaleur et à la poussière accablante de cette route il fallait joindre la fatigue corporelle résultant des travaux de la journée, une influence somnifère se répandit bientôt sur cette noire caravane.

Saint-Georges était parvenu à se placer sur le derrière de la charrette ; Noëmi, assise à côté de lui, dormait déjà profondément.

La main droite de la négresse serrait étroitement une petite bourse de soie rouge, la bourse où elle avait serré ses cinq pièces d'or..... Il y eut un instant où le chariot pencha, cette bourse frôla les doigts de Saint-Georges.....

— Que je vous garde cette bourse, mère, et maintenant sommeillez en paix!

Il la serra dans sa poitrine, recouverte d'une ancienne veste de chasse qui avait appartenu à Platon, et, les yeux tournés vers les dattiers et les palmistes de la Rose, qui fuyaient au loin derrière lui, il soupira.....

Et tout son courage d'enfant ne put le défendre, il fut brisé de douleur à la vue de sa misère.

— Non! s'écria-t-il, non! je ne suivrai point ces hommes!

La caravane passait alors sous des lianes touffues, des plantes grimpantes formaient un berceau sur la route et redoublaient son obscurité. Profitant de ce voile épais si favorable à sa fuite, le mulâtre, avec une agilité merveilleuse, se glissa sous la charrette sans réveiller le moins du monde ses compagnons, puis avec son couteau il coupa le licol d'une mule non sellée qu'il enfourcha.

Il était à vingt-cinq pas quand un coup de fusil retentit à son oreille.

— A mort le fuyard! à mort! criait en même temps Joseph Platon.

Mais la mule fougueuse, obéissant à son cavalier autant qu'à son humeur, avait emporté le jeune homme loin des regards irrités qui le cherchaient.

— Mon fils! mon fils! cria la négresse en se tordant les bras de désespoir.

Épuisé de fatigue et distinguant à peine la route qu'il avait prise à tout hasard, Saint-Georges se trouvait alors devant un enclos planté de croix et voisin d'une grande église. La mule s'arrêta, blanche d'écume, devant cet endroit que l'aube naissante éclairait. Saint-Georges reconnut le derrière de l'église de Saint-Marc. Un homme en manteau brun priait debout, le bras appuyé sur une tombe de marbre; son cheval broutait l'herbe auprès de lui. Il se détourna et considéra le mulâtre avec un certain air de défiance. Voyant sans doute qu'il n'en avait rien à craindre, — car Saint-Georges n'était pas armé, — il continua sa prière.

XXIV.

Le portefeuille.

A la guerra ! à la guerra ! Espanoles !
(*Cantate espagnole.*)

La douleur de cet homme était électrique ; elle avait le don de l'attendrissement..... Elle pénétra Saint-Georges jusqu'au fond de l'âme ; et, lorsqu'il eut attaché lui-même sa mule à l'un des oliviers desséchés du cimetière, il s'agenouilla.....

Le silence n'était troublé autour de lui que par le chant de quelques moqueurs et les versets pieux que l'homme poursuivait à voix basse..... Un long abandon avait environné cette tombe de hautes absinthes, qui la cachaient presqu'à tous les yeux : celui qui priait demeura debout devant elle quelques minutes encore..... Saint-Georges, épuisé de fatigue, avait reconnu l'église avec un vif sentiment de joie ; c'est là qu'il avait été baptisé. Le curé de Saint-Marc l'avait sauvé une fois ; il écouterait ses peines et lui donnerait peut-être asile..... Il était résolu à fuir la Rose ; l'air de la liberté frappait son visage ; il s'exhalait pour lui à chaque pas des émanations divines des rochers, des fleuves, de la plaine. En se retrouvant près de cette église, le mulâtre se sentit plus grand, plus résolu. Il n'y a pas d'esclave devant cette croix de bois qui a sauvé l'univers !

A cette heure qui précède le jour, la douce nature s'éveillait, les mamelons des mornes ruisselaient des perles de la rosée. Saint-Georges admirait cette radieuse bordure qui encadrait la savane ; il aspirait ces parfums. On n'entendait pas encore le tintement de la cloche à cette église nue et pauvre comme une église de village.....

L'inconnu priait toujours..... la pensée de sa prière l'absorbait ; il ne se leva que lorsque la cloche eut sonné.

Prenant alors son cheval par la bride, il partit après avoir baisé religieusement cette pierre.

Il fallait traverser le jardin du curé pour arriver à sa demeure modeste. Saint-Georges suivit l'homme machinalement ; tout d'un coup il entrevit le curé à travers un massif d'arbres. L'idée lui vint alors d'attendre et de se cacher ; pendant ce temps de recueillement il préparerait sa harangue. Le brave pasteur disait son office. C'était un dominicain au teint fleuri, au visage ouvert ; il ne ressemblait en rien aux capucins envoyés de France à la colonie, qui ne tardent pas à ne plus être capucins dès qu'ils se couvrent de linge et d'étoffes fines, qui se font servir par des négresses et ont dans leur maison un équipage, un cocher et un cuisinier. Expédié à Saint-Domingue par son provincial, le curé de Saint-Marc ne s'était dépouillé ni de son esprit ni de son habit :

c'était un bon et saint homme. D'abord curé à la Guadeloupe, il était venu à Saint-Domingue.

Saint-Georges le vit bientôt fermer son bréviaire ; l'homme au manteau brun lui parlait bas à l'oreille ; il lui glissa dans la main trois belles piastres d'Espagne.....

— Vous n'oublierez point cette messe pour *lui*, mon père : c'est un anniversaire ineffaçable pour *moi*. Quand vous direz cette messe, il y en aura, par mes soins, une autre de célébrée au couvent de la Merced..... Adieu !

Ces paroles dites, il se remit en selle après avoir bu quelques gorgées d'une outre placée aux côtés de sa monture. Ce fut seulement alors qu'il aperçut le mulâtre derrière les feuilles. La persistance de ce curieux si matinal l'inquiéta. Soit qu'il le prît pour un espion ou un voleur, il s'en fut à lui et l'interrogea avec rudesse. Saint-Georges répondit avec fierté.

— Si tu veux parler, comme tu le dis, au curé de Saint-Marc, pourquoi ne pas le faire ? Il est là.....

Le mulâtre garda le silence.

— As-tu une raison ? Dis-la.

— Parce que j'ai peur de le chagriner, monsieur, répondit-il avec amertume. Il me parlera de ma mère, je le sens bien, et je n'aurai pas le courage de lui dire : « Je l'ai quittée ! »

— Tu fuis d'une habitation ? De la partie française, peut-être ?.....

— Vous l'avez dit. C'est de la Rose que je fuis.

— De la Rose ?..... dit l'homme en rejetant son corps en arrière comme pour mieux envisager le mulâtre..... Dès lors, mon jeune gars, rassure-toi, tu n'as qu'à voyager côte à côte de moi; si tu as peur, prends mes pistolets..... tu n'as pas d'armes!

Voyant que Saint-Georges hésitait :

— Crains-tu que je te livre? Alors quitte-moi. Mais je te promets asile et bonne tutelle chez moi, par saint Jacques de Compostelle!..... Viens avec moi : voici des cigares et des vivres, nous partagerons. Chemin faisant, tu me conteras ton aventure.....

Il offrit au mulâtre un coup de son outre, contenant du vin très-passable, et rompit avec lui la moitié de son chocolat. Rassuré par ces prévenances, Saint-Georges rangea sa mule près du cheval barbu de son compagnon; celui-ci l'interrogea bientôt sur les plus petits détails de l'habitation qu'il fuyait. L'air de secrète anxiété dont il écouta ce récit, dans lequel l'amour de la marquise de Langey tenait une place si grande, surprit beaucoup le mulâtre..... Ce morne étranger ne disait rien, il ne l'interrompait pas; son histoire achevée, il se contenta de lui prendre la main et de lui dire :

— Merci!

Saint-Georges l'avait racontée, cette histoire, avec une grande naïveté; il n'avait rien omis, rien déguisé; son chagrin le plus sensible, c'était cette froide indifférence, ce mépris que la marquise faisait de lui et de son amour.

— Parce que je suis mulâtre, répétait-il, est-ce à dire que je ne vaille pas un blanc? — Dussé-je me coucher encore à ses pieds comme un chien, je le ferais, disait-il les yeux gonflés de larmes..... J'ai bien souffert le jour qu'elle m'a chassé, mais je l'aime!

Le compagnon de Saint-Georges murmura tout bas :

— Moi, je la hais!

Tio-Blas, que nos lecteurs auront sans doute reconnu, était alors bien changé. Un an presque entier avait creusé de nouveau les rides de son visage, comme la pluie creuse les ravins ou la pierre. Respirant pour sa seule vengeance, il n'avait eu garde de laisser échapper une aussi belle occasion d'apprendre la vie de Mme de Langey par un de ses propres esclaves; tous ces mille détails vinrent aviver sa rage, ils s'enfoncèrent comme autant de dards en sa plaie. L'amour de ce jeune homme, amour triste et réprouvé, n'émut pourtant pas son cœur, sa fierté de noble et d'Espagnol le mettant au-dessus d'un attendrissement puéril pour un mulâtre. Un seul péril de Saint-Georges éveilla sa compassion, ce fut sa punition pour un crime que lui-même avait conseillé et dont le mulâtre Raphaël n'avait été que l'instrument. Dans ce cœur habité par les anges du mal et de la haine, livré à toute la fougue du brigandage, il se trouva une admiration douloureuse pour cet instant de la vie de Saint-Georges; l'Espagnol résolut d'en faire un des siens, c'était dans son idée une marque de haute récompense. En lui parlant chaque jour de Mme de Langey, le mulâtre remplirait l'office d'un homme qui souffle le feu sous les branches sèches, il entretiendrait la flamme de sa colère. Tio-Blas avait souri de dédain au nom de M. de Rohan, il regardait sa propre capture comme une chose impossible et de trop haut prix pour cet homme.

Leurs chevaux descendaient alors un chemin assez difficile..... De grands mornes, bordés de précipices, rendaient la marche dangereuse par le nombre de sentiers étroits et profonds encaissés dans une sorte de tuf rouge. Quelques coups de fusil retentirent à cet instant.

— Bravo! tu n'as pas eu peur, dit l'Espagnol à Saint-Georges, qui en effet n'avait pas doublé le trot de sa mule.

Il se vit bientôt entouré, ainsi que son compagnon, de plusieurs noirs espagnols qui s'approchèrent respectueusement de Tio-Blas.

— Faisons halte, dit-il; vous avez bien fait de me rejoindre. Voici un *nouveau* que je vous présente; votre signal n'a pas eu l'air de l'effrayer, il va dîner avec nous.

Le gazon brûlé servit de nappe, de table et de siéges. Quelques viandes froides, l'eau d'un ruisseau voisin mêlée d'un peu de rhum, du biscuit et de la cassave complétèrent le repas. A travers les arbres on apercevait une jolie savane.

Assis sous un figuier blanc très-élevé, Saint-Georges examinait avec stupeur cette troupe armée, dont l'équipement seul indiquait assez la profession. Sa mule était épuisée de fatigue, Tio-Blas lui en fit seller une autre. Escorté de ses hommes, il devait rejoindre, à renfort de marche, son habitation dominant l'enfoncement voisin de la vallée d'Oya et que les habitans nomment le *Tombeau du Diable.*

Pour cela il fallait plusieurs jours de route, franchir des mornes roides entrecoupés de ravins. Cette caravane formait un ensemble si curieux que Saint-Georges ne put se défendre d'un certain sentiment d'intérêt en l'étudiant.....

C'étaient pour la plupart des noirs de la partie espagnole de Saint-Domingue; cependant il y avait parmi eux quelques Castillans déguenillés comme l'homme qui les guidait. Le gentilhomme, l'officier réformé, le marchand, le pacotilleur déçu ou ruiné étaient venus grossir ce corps savamment discipliné. Les repas ne duraient ordinairement qu'un quart d'heure, on employait le reste du temps à sonder les forêts environnantes et à éviter les embûches des *plumets jaunes*, ainsi appelaient-ils les soldats des villes, envoyés à leur poursuite. Comme s'ils eussent encore habité Santo-Domingo, Porto-Plata ou toute autre résidence, ces hommes exécutaient un roulement sur un énorme tambour pour annoncer l'heure de l'Angelus; alors ces pieux bandits s'agenouillaient sur l'herbe ou les pierres. Les pistaches à la bouche, ils faisaient gaîment la sieste dans leurs hamacs nomades, choisissant deux arbres de la forêt pour y suspendre eux-mêmes ce lit mobile, dans lequel ils se blottissaient enveloppés soigneusement de leurs manteaux, afin de se garantir de la piqûre des insectes. Leurs bras herculéens demeuraient nus, leurs culottes de guingamp bleu étaient retroussées jusqu'au milieu de la cuisse. Ils portaient le *trabucco*[1] et le poignard effilé. Véritable camp de bohèmes dans les savanes, ils avaient pour eux l'intrépidité et la ruse, d'excellentes armes, des chevaux sûrs. Au lieu d'une méchante case qu'ils eussent partagée dans les terres avec les bêtes à cornes, les gens de guerre hautains ou les citadins nonchalans, ils avaient la tente bleue du ciel, la verdure des plaines et la bouteille de grès où dormait le Xérès à leur ceinture. Leur bagage se composait d'une vieille malle contenant quelques reliques et des cartouches, de morceaux de drap pour le manteau ou l'habit futur, de cables et de longs cornets de poivre connu sous le nom de *maniguette*. Au défrichement des terres, qui alarmait leur paresse, ils préféraient la chasse des troupeaux par les campagnes endormies, le vol nocturne, le pillage dans les églises. Quelques-uns, — les noués et les boiteux, — avaient mission de sonder le terrain en se traînant devant le passant. *Senor, una limosina! por Maria santissima, una limosina a este probecito!* Il y avait de tous les métiers chez eux, avons-nous dit, excepté celui d'honnête homme; mais par la misère qui régnait dans la colonie espagnole, ces flibustiers nouveaux n'étaient-ils pas tous absous?

Cette vie étrange convenait à Tio-Blas, à sa nature sombre, inquiète; elle profita bientôt singulièrement au mulâtre. Ces hommes furent étonnés de sa grâce, de sa tournure; ce fut à qui deviendrait son maître, à qui développerait son élégance et sa

[1] Tromblon.

force ; les meilleures leçons d'escrime et les plus belles dattes étaient pour lui. Ce complément d'éducation à la Gil-Blas ne pouvait manquer d'abord de lui plaire. Tio-Blas aimait à s'en faire accompagner ; c'était le plus beau joûteur de sa troupe, où nul à coup sûr ne le valait et ne l'eût insulté en vain. Ce noble de Castille, qui s'était fait bandit si effrontément, se surprenait parfois encore à parler devant ses compagnons de la puissance de l'Espagne, la première puissance de l'Europe sous Charles V, lorsque Séville renfermait soixante mille métiers à soie, disait-il ; lorsque les draps de Ségovie et de Catalogne étaient les plus recherchés comme les plus beaux de l'Europe, et qu'il se négociait quatre cent cinquante millions de valeurs en lettres de change dans une seule foire de Médine. Hélas ! il ne fallut pas longtemps à Saint-Georges pour comprendre la différence essentielle de l'état des possessions des deux couronnes. La colonie française pouvait être regardée comme un chêne de belle et vigoureuse nature ; la colonie espagnole présentait l'image d'un arbre caduc, desséché. Dès les premiers pas que le mulâtre fit dans ces landes, il les trouva remplies de fièvre, d'indolence et de misère. De rares cultures à côté d'une végétation luxuriante, un esprit d'insouciance que rien ne pouvait excuser, un état plus triste que celui où Christophe Colomb laissa les premiers maîtres de cette terre ! Les troupeaux erraient dans les campagnes incultes, l'œil rencontrait à peine autour des habitations quelques jardins à légumes et à fruits. La mollesse des colons n'employait même pas les esclaves du sol au travail : ils passaient tout le temps à jouer ou à se faire bercer dans leurs branles. Quand ils étaient las de dormir, ils chantaient ; il fallait que la faim les pressât pour qu'ils sortissent du hamac. Des cases recouvertes des feuilles du palmiste avaient remplacé les somptueux palais d'Ovando ; la boisson des plus riches consistait en un peu d'eau aiguisée avec une pointe de tafia ; ils remplaçaient le pain par les patates, les vases d'émail par la poterie la plus humble. L'intérieur des maisons répondait à cette pauvreté, les fenêtres étaient sans vitres. Les habitans se traînaient comme autant d'ombres pâles par les carrefours et les rues ; une odeur infecte s'échappait de chaque grenier, où l'on ne montait que par une échelle. Parlant peu le jour, babillant la nuit, ce peuple livide, avorté, n'en roulait pas moins le *papelito* entre ses doigts minces ; conservant la moustache et l'épée des anciens jours, et préférant se battre dans une ruelle derrière la cathédrale plutôt que de remettre le combat au lendemain.

La vue de ces hommes ranima l'orgueil de Saint-Georges. Comme eux, il se sentait déchu de je ne sais quel rang auquel il devait prétendre. Il mûrissait cette pensée au feu des haltes de nuit, par les bois, par les rochers, au milieu des attaques dont la troupe se voyait l'objet ; car durant tout le cours de ce singulier apprentissage de liberté, Saint-Georges vit plutôt les gens de Tio-Blas traqués par les plumets jaunes qu'ils ne furent eux-mêmes les agresseurs.

La vallée d'Oya et peu après le *Tombeau du Diable* apparurent enfin à ses yeux ; ce fut seulement de nuit que Tio-Blas se glissa dans cette ancienne résidence. Quand il la revit, l'Espagnol ne put se rendre maître d'un tressaillement de joie, car ce n'était pas sans motif qu'il rentrait sous ces planches habitées par un seul domestique noir..... Attachée comme un nid d'aigle aux mornes dominant la vallée d'Oya, cette case assez vaste s'éclaira bientôt sous la torche de Tio-Blas..... Escorté de Saint-Georges, il s'en fut droit à un grenier rempli de débris d'animaux, de cornes à bœufs et de rouillardes ébréchées, et là, dans une des crevasses du mur masquée par un grand cadre de la Vierge, il plongea son bras nu, et il y saisit un portefeuille.....

Il fallait que ce fût quelque dépôt précieux, car il était fermé et scellé de trois cachets ; la couverture était en peau de lézard.

Tio-Blas le prit, s'assura que nul ne l'avait forcé et le mit dans sa basque, après avoir bu avec le mulâtre la moitié d'un flacon de Malaga respectable par sa vétusté.

— Tu vois, mon digne fils, que je t'ai tenu parole ! La vie que nous menons est contrariée parfois, j'en conviens, mais elle a ses charmes. Ne vaut-il pas mieux que tu aies quitté la Rose et ta mère, pour devenir quelque chose chez nous, au lieu de pourrir là-bas sous les coups de fouet ?..... Par le grand saint Dominique de mon parent l'évêque, je suis désolé de n'être plus un seigneur ayant palais à Séville ou à Burgos, j'aurais fait de toi mon maître à chanter..... Tu pinces fort galamment de la guitare !.....

Une grêle de coups de fusil vint ébranler les planches de la hutte pendant cette conversation.

— Ce n'est rien ; les plumets jaunes qui causent avec les nôtres. Il est écrit qu'ils ne nous laisseront pas tranquilles. Heureusement que nous connaissons mieux qu'eux les détours de cette montagne, et sans le besoin que j'avais de reprendre ici ce portefeuille.....

On entendit très-distinctement dans l'enfoncement de la vallée d'Oya une seconde fusillade..... Tio-Blas, quand elle fut passée, ouvrit la lucarne de la hutte avec précaution ; la solitude semblait avoir repris son silence.

Il serrait déjà sa ceinture de soie autour de ses reins pour partir, quand le nègre gardien de cette aire abandonnée s'écria hors d'haleine en arrivant vers lui :

— Maître, maître ! vous partir cette fois sans vos chiens ! Beaucoup de notre meute sont morts !

Et de son doigt levé sur la vallée d'Oya, alors enveloppée des ombres de la nuit, le Domingois indiquait à Tio-Blas un amas confus d'hommes et de chevaux laissé sur ce nouveau champ de bataille. Une épaisse colonne de fumée montait pesamment vers la hutte. Ce combat avait été l'affaire d'un quart d'heure.

— *Carrajo !* Il paraît que les plumets jaunes étaient en nombre ! Je croyais mes gens plus avisés ; voyons un peu.

En tournant le flanc de la montagne avec Saint-Georges, dont la mule lançait l'éclair sous ses pieds au milieu des ténèbres, l'Espagnol arriva bientôt au lieu du désastre ; là, il put se convaincre qu'une partie de ses cavaliers avaient péri. Le Domingois lui avait assuré que le conseil de San-Yago avait mis sa tête à prix ; il se hâta de rassembler ceux de sa troupe qui restaient sur pied et de regagner le côté, plus sûr pour eux, de la partie française. Son air d'assurance ne s'était point démenti à la vue de ces blessés et de ces morts. Jusqu'alors Saint-Georges n'avait reçu de lui aucune paie, ce jour-là il doubla celle de sa troupe et lui donna une portugaise[1].

— Ce sera le commencement de ta fortune, lui dit-il ; avec cela tu pourras retourner quelque jour à l'Artibonite, quand je me verrai forcé de licencier mes hommes..... Si tu veux t'y marier, je me charge de ta dot.

A ce mot de mariage, le mulâtre soupira. Il se rappelait la seule femme qui l'eût aimé malgré son indifférence, Finette, dont sa fuite devait faire le chagrin. L'argent que l'Espagnol lui avait donné fut serré par lui soigneusement près des pièces d'or de sa mère, qu'il gardait dans sa valise.

— Pauvre mère ! pensa-t-il ; que dirait-elle si elle me savait au milieu de ces contrebandiers, vivant de ce que je trouve, complice innocent de cet homme que je n'avais jamais vu ! Oh ! je la reverrai, Dieu le permettra, Dieu, qui me guérit insensiblement de cet amour, qu'un démon avait fait germer en moi ! Grâce au ciel et à mon courage, me voilà fort maintenant contre les tempêtes du cœur ; la vie de ces hommes m'a éclairé : je vois que je suis comme eux un réprouvé de la terre,

[1] La portugaise vaut 60 francs.

un misérable, un maudit! Ma couleur est désormais pour moi une question tranchée : — un peu plus que le nègre, au-dessous du blanc, — rien pour cette femme! N'importe, j'aime mieux rester parmi ces aventuriers qui pillent que parmi ces insolens qui méprisent! Puis-je oublier que l'indignité de ma race me suivra jusqu'au tombeau?

Il reprenait bientôt, navré de douleur :

— Et cependant je l'aime; j'ai beau me le cacher, je l'aime! Je lui parle, je la vois! Ce corps, cette bouche, ont conservé pour moi leur parfum et leur haleine; j'entends le frôlement de sa robe au milieu même du silence de la forêt; le bleu du ciel me rappelle son regard, son voile blanc passe souvent dans mes rêves! Étrange égarement! il me semble parfois que l'empreinte de ma passion brûlante devra la marquer à des temps voulus! Dans nos veilles nocturnes, lorsque les étoiles distillent la rosée, il me semble entendre son pas..... Si je n'étais point marqué de cet ineffaçable sceau de la servitude! Ce qui me tue, c'est la conscience amère de cet abaissement, c'est le linceul noir jeté à tout jamais sur mon visage! Ma mère! ma triste mère! vous m'avez pourtant parlé bien souvent de noblesse et de grandeur; vous m'avez dit souvent que, si le ciel était juste, je devais marcher l'égal d'un blanc; était-ce folie ou dérision, ma mère? Je suis dégradé, méprisé de tous, avili! Pourtant je suis robuste; les précepteurs de Maurice m'ont trouvé aussi apte qu'un blanc à retenir leurs doctrines. Les portes de l'espérance sont-elles donc fermées pour moi?

— Pauvre fou! lui dit un jour l'Espagnol, qui surprit le jeune homme au milieu de ces cruelles imprécations contre lui-même, ne sais-tu donc pas que la vengeance seule a ôté à la douleur son âcreté? Fi de la vie, si elle ne devait servir qu'à nous faire boire nos larmes! A quoi bon l'épée, si elle sommeille? la dague trempée dans le poison, si elle ne tue? Tu vois dans la vie que tu mènes à mes côtés des nuits ténébreuses, pleines des terreurs du ciel et de la terre; — à la voix de Dieu, la foudre en sort! Ne pleure plus sur toi-même, toutes les puissances de l'enfer fussent-elles liguées contre toi, je te jure que tu seras bien vengé!

Au ton morne et froid avec lequel Tio-Blas avait prononcé ces paroles, Saint-Georges le regarda.... Plus pâle encore que de coutume, il repassait la lame de sa *mancheta* sur une roche calcaire, au-dessus de laquelle la cime des pins rendait alors des murmures. En le voyant bientôt rassembler les quelques hommes de sa petite troupe sous la lisière d'un bois fort épais, Saint-Georges conçut de vagues soupçons; on eût dit que le capitaine attendait un coup à faire. Refoulée par les plumets jaunes vers cette partie de l'île française, aux environs de la Montagne-Noire, cette poignée de monde devait y camper la nuit. Le soleil venait de s'éteindre alors derrière les pitons environnés de vapeurs, et cependant le paysage de cette prairie entrecoupée de bouquets de bois paraissait encore enchanté.

Sous les pieds de la Montagne-Noire serpentait la rivière du Cabeuil comme un vaste ruban d'argent;

c'était le point d'intersection de la partie française et de la partie espagnole. Plusieurs sentiers divergens se croisaient dans la prairie; des lataniers, des acacias, des sapotilliers, renfermés dans une multitude d'enclos, envoyaient de toutes parts leurs odorantes senteurs à la route. Tio-Blas avait ordonné à ses gens de se tenir prêts; chaque œil était au chemin, chaque main à la gachette du fusil. Pour être avertis à temps de quelque bonne arrivée, un Espagnol de la troupe qui, par un singulier raffinement de coquetterie, avait laissé croître à volonté l'ongle du pouce de la main droite, afin de tirer de plus beaux sons de sa guitare, venait d'être envoyé près des cannes de la route, quand tout d'un coup il revint à toutes jambes en s'écriant : « Les dragons! la cocarde blanche! »

Le jour tombant permettait en effet de discerner au loin ces uniformes..... Ils formaient un piquet de cavaliers assez fourni autour d'une berline découverte.....

Cette voiture allait alors au trot le plus rapide; elle était menée par de petits postillons nègres. Au fond de la berline, Tio-Blas entrevit auprès d'une dame dont le voile était rabattu, un homme décoré du plastron de l'ordre de Malte, espèce de cuirasse de satin noir qui lui couvrait le ventre et la poitrine : cette cuirasse était marquée d'une immense croix de Malte en toile d'argent. L'Espagnol n'avait jamais vu ce personnage; mais il se retourna au cri que poussa Saint-Georges, qui avait reconnu Mme de Langey.

— C'est bien elle, pensa Tio-Blas; l'avis que j'avais reçu de cette promenade était sûr!

Arrivée près de la lisière de ce bois touffu, la berline se mit au pas.

— Ce sera pour Maurice une salutaire promenade, dit la marquise; je vous remercie pour lui, cher prince, des ressorts de votre berline; c'est un vrai hamac, n'est-ce pas, Finette?

La mulâtresse avait les yeux fixés sur la rivière du Cabeuil, que les blocs de rochers noircissaient insensiblement de leurs grandes ombres.

— Voilà un paysage, reprit M. de Rohan, qu'il fait bon d'admirer avec un piquet de dragons du roi. On dit ces limites peu sûres; ces gueux d'Espagnols se multiplient, je crois, comme des moustiques; ils volent dans l'air!

— Le prévôt des mauréchassées de Saint-Marc vous a fait, cher prince, une galanterie toute royale..... A la seule vue de cette escorte.....

— On doit songer au trésor qu'elle protége, n'est-ce pas? Ce trésor, marquise, vaut tous les diamans de la couronne...

Comme de semblables phrases étaient chose peu commune dans la bouche altière de M. de Rohan, Mme de Langey l'en récompensa par un regard brillant comme la flamme et qui semblait traduire tout son orgueil d'être admirée. Elle avait rabattu sa calèche de soie noire sur ses épaules et balançait à sa main un beau mimosa récemment cueilli.....

— Vous tenez, cher prince, à me nier ces bouquets placés, il y a un mois, tous les soirs sous ma moustiquaire..... savez-vous que c'est très-mal? Un grand bailli de l'ordre de Malte n'est admonesté par personne.

— La nuit vient, ma mère, et ces vilains rochers ne me permettent plus de rien voir, dit Maurice en remettant à M. de Rohan sa lorgnette d'approche enrichie de pierreries.

— Et le frais des bords du Cabeuil est dangereux pour vous, madame la marquise, ajouta sa mulâtresse.

— Nos postillons n'ont-ils pas des torches? reprit M. de Rohan, à qui ce site et cette promenade plaisaient.

Il allait se lever pour donner des ordres quand une masse compacte parut se mouvoir sous la lisière du bois; elle était à peine reconnaissable, en raison de l'ombre étendue sur la savane comme un réseau noir.

— Respect à la berline, mort aux dragons! s'écria soudain la voix d'un homme lancé au triple galop de son cheval et suivi à quelque distance de vingt noirs.....

Les dragons répondirent par une vive décharge.

— Attirez-les parmi les bayaondes de la Montagne-Noire, continua la voix planant sur cette troupe comme un drapeau.

Les dragons de M. de Rohan, surpris de la riposte nourrie de ces agresseurs, s'étaient déjà débandés à travers la plaine.

— Les lâches! les misérables! criait le prince, emporté lui-même à tour de roue par ses postillons. Il avait jeté son manteau sur Mme de Langey et Maurice éperdus de crainte.

— A moi cet enfant, s'écria l'Espagnol en étendant l'un des chevaux à terre d'un coup de fusil. Me reconnaissez-vous, marquise de Langey! c'est mon tour!

Elle fut terrifiée..... Tio-Blas, l'œil enflammé de rage, la narine dilatée comme celle d'un tigre, flairait cette proie, qu'il était sûr de saisir.....

— Et je n'ai pas d'armes! s'écria M. de Rohan, pas d'armes!

Tio-Blas allait arracher Maurice d'entre les bras étroitement serrés de la marquise quand il se sentit lui-même frappé d'un coup violent qui le fit tomber à la renverse. C'était Saint-Georges qui s'était élancé sur lui; dégagé des bras terribles de l'Espagnol, Maurice alla retomber sur les genoux de Finette..... Le mulâtre n'eut que le temps de se tapir alors le ventre contre terre, car au lieu de se voir attirés dans les bayaondes, où ils eussent péri infailliblement, les dragons, qui avaient repris le dessus, s'annonçaient à trois pas de lui par une sanglante fusillade. Abrité sous des flocons de quelques plantes touffues, Saint-Georges leur échappa, plus heureux que Tio-Blas, qu'on relevait alors par les ordres de M. de Rohan. Mme de Langey demeurait évanouie dans le fond de sa berline..... Criblée par les balles, la troupe de Tio-Blas avait fui dans les ravins; les liens dont il se trouva garrotté réveillèrent alors l'Espagnol.

— *Demonio!* cria-t-il en grinçant des dents et en se voyant attaché au derrière de la berline.....

— Qu'il soit conduit aux prisons de Saint-Marc et que le prévôt des maréchaussées royales soit averti!

dit M. de Rohan à ses dragons ; son procès ne traînera pas en longueur.

Après quelques heures d'une marche pénible par les marais, l'escorte arriva aux portes de Saint-Marc, où la voiture se vit bientôt entourée par le peuple. Les torches des postillons éclairaient seules ce retour lugubre, tout le monde avait soif de la figure du captif. Gonflés par la pression des cordes, les bras de l'Espagnol furent enfin détachés du train de derrière, mais il ne les leva que pour se fouiller lui-même avec une anxiété visible, et s'écrier ensuite d'un ton lamentablement abattu :

— *A-mi-Dios ! Santa Madre !* j'ai perdu mon portefeuille !

XXV.

Fête à la colonie.

ARMADO.

Console-moi, mon enfant; dis-moi quels sont les grands hommes qui furent amoureux.

MOTH.

Hercule, mon maître.

ARMADO.

Et après ?

MOTH.

Samson, mon maître. C'était un homme d'un port avantageux, car il porta les portes d'une ville sur son dos comme un portefaix. Et il était amoureux.

(SHAKSPEARE, *Peines d'amour perdues*, acte I, scène II.)

Souviens-toi! — *Remember!*

(*Devise de Charles Ier.*)

C'était après une nuit belle et parfumée; les toits de Saint-Marc apparaissaient liserés de larges bandes de soleil; la ville avait donné le branle à toutes ses cloches.

Chaque rue conduisant à la vaste plaine de l'Artibonite était, contre l'usage, arrosée, balayée et tentée d'un bout à l'autre; le soleil n'y calcinait plus le pied du passant; des jasmins, des roses et surtout de beaux géraniums à calice rouge y combattaient l'odeur des marécages.

Confondus avec les soldats de la garnison, les colons étaient çà et là échelonnés sous les armes, le canon tonnait par intervalles comme à l'arrivée du chef de la colonie.....

Les officiers publics, les agens du commerce et les hauts propriétaires traversaient à pied ou à cheval le court espace qui sépare la ville de la plaine; quelques chaises en cuir roussi, à la portière desquelles passait l'éventail ou le bras d'une créole; des voitures richement ornées, suivies de nègres à cheval; des mules à guides rouges portant des Espagnols, le teint à couvert sous leur ombrelle; des archers de la maréchaussée, le sabre au poing, tel était le tableau mouvant que présentait ces quais, assez mal ombragés du reste par quelques arbres chétifs.

Le spectacle qu'offrait la plaine était aussi inaccoutumé.....

Comme une vaste arène au sable d'or, elle se trouve alors entièrement vide à son milieu; elle a pour ceinture une délicieuse écharpe de femmes et de créoles. Sur ces échafaudages légers qui l'entourent, le seul bruit de la fête a rassemblé les plus charmantes reines de la colonie, toutes accourues de Léogane, du Port-au-Prince et du Cap, leurs résidences ordinaires. Les orangers embaument l'air, les limons et les fruits glacés circulent. Ce cordon noir qui décrit de temps à autre des plis sinueux sous les bourrades des archers, c'est le peuple nègre; il ouvre ses grands yeux jaunes pour jouir de ce spectacle qu'il contemple avec envie, car les créoles seuls se disputeront la victoire dans cette lice, eux seuls ils soulèveront la poussière de cette carrière, eux seuls ils la tremperont de la sueur de leurs coursiers !

Pour les créoles seuls sont réunis dans ce vaste champ les différens jeux d'adresse auxquels ils s'adonnent, le tir au pistolet, la course de bague, l'escrime, le palet, la gymnastique.

Ce sont les dames qui doivent désigner le vainqueur. Comme dans les antiques tournois, tous les combattans seront masqués, afin que le prix décerné par elles ne soit donné qu'au plus digne.

La récompense est au choix du triomphant. Il peut choisir entre ces vases ciselés d'or, entre ces habits de velours, ces couronnes tressées, ces armes, ou bien il peut dicter en roi de cette fête telle condition qu'il voudra, il ne tiendra qu'à lui de commander et de se faire obéir.

Entre des bouquets de cocotiers et de palmistes que le soleil nuançait de teintes veloutées s'élevaient par myriades sur ce terrain des pavillons de toile blanche, tous ornés de flammes distinctes. Peu à peu les combattans masqués en sortirent... Au tam-tam aigu des cornets à bouquins que tenaient les noirs accroupis sur leurs talons devant ces tentes comme des Sphinx de pierre, succéda bientôt le son joyeux des trompettes et des cimbales de la garnison ; la lice s'ouvrit, la poussière s'éleva à flots pressés.

Quel admirable silence ! tout se tait à l'entour dans les champs de cannes, la brise de mer crépite seule par intervalles dans la feuille des tamarins.

Pour coupole, un ciel admirable, pommelé de légers flocons ; pour horizon, le granit azuré des mornes. La tour noirâtre de la prison de Saint-Marc, où l'Espagnol est renfermé depuis un mois, tranchait sur ce tableau dans les vapeurs du lointain.

Au signal donné, les créoles se sont répandus par la plaine. C'est à qui luttera de force, d'agilité, de noblesse ; il semble qu'ils aient résolu de faire valoir aux yeux du nègre hébété leur prééminence de caste. Ici, c'est la feuille du latanier que tranche la balle, plus loin le palet qui atteint le but aux applaudissemens de la foule ; là-bas, comme dans les jeux du cirque, un athlète aux membres bruns s'emboîte au corps d'un rival. De toutes parts ce ne sont qu'écharpes au vent, qu'applaudissemens joyeux, murmures louangeurs tombés de lèvres aussi vermeilles que la rose. Les femmes agitent leurs bouquets, croyant reconnaître leur amant ou leur frère dans le créole masqué qui passe en ce merveilleux carrousel. Étagées comme autant de fleurs sur les gradins, elles se penchent, se sourient, se passionnent, appellent les combattans par leurs noms pour les exciter. Il faut les entendre avouer imprudemment un nom chéri ; leurs éloges font relever le front aux plus modestes. Jusque-là il n'y a pourtant ni vainqueur ni vaincu, les forces sont égales, l'agilité est la même partout, c'est une famille de nobles frères qui combat ; mais parmi ces lutteurs on cherche vainement le maître.

Les chevaux sont hors d'haleine, leurs jambes grêles répandent une pluie de sueur sur le sable. Les combattans eux-mêmes rentrent sous la tente pour se débarrasser un instant du masque, tant la chaleur est ardente; c'est alors seulement que leurs figures douces et fières s'interrogent; ils se font frotter d'eaux de senteur par leurs nègres et se disposent à rentrer dans la lice dès que la trompette aura sonné.

Mme de Langey occupe le centre de ces loges odorantes; elle dépasse chaque femme de la colonie par son faste. Couverte de pierreries et de satin, lascivement penchée vers le prince de Rohan, qui lui sourit, elle écarte le voile qui caresse ses épaules nues et présente à Maurice une belle cerise du Cap, pendant que derrière elle l'esclave préposé au mouchoir ramasse celui qu'elle vient de laisser tomber. Aucun cri de joie, aucun vœu n'est encore parti de sa poitrine; elle se contente de demander à M. de Rohan le nom des plus beaux officiers du Cap et des plus riches planteurs de la colonie..... Repoussant avec une majestueuse indifférence les pastilles ambrées que lui présente M. Gachard dans sa boîte de porcelaine, elle jouit en silence de la jalousie de ses rivales, dont pas une n'égale sa beauté ni sa toilette. Avec un éclair de ses yeux elle terrasse ce qui l'entoure, sa fierté royale a l'air de porter un diadème.

Oh! qu'elle ne ressemble en rien à ces jeunes femmes vives et tendres dont le cœur va se soulever quand leur amoureux reconnu à quelque signe chéri reparaîtra dans la lice! Ces créoles aux cheveux de jais, au doux regard, laissent tomber alors de silencieuses pensées derrière leur éventail; elles se rappellent les causeries de la veille par une nuit étoilée, les aveux, les folles caresses, toute cette vie d'amour qui se mire dans l'azur des fleuves et dans la clarté du ciel! Celles-là ont déjà peur, leur visage ému revêt tout d'un coup la blancheur du marbre, car un nouveau concurrent vient d'apparaître; il s'est posé sur le sable, immobile et fier comme un lutteur assuré de vaincre.

Et je vous le jure, dès qu'il a paru ce masque, tous les regards se sont tournés vers lui par un mouvement unanime, simultané.....

Robuste et gracieux à la fois, il a l'air de jouer avec tous ceux qui l'attaquent. Tantôt il se dresse comme un véritable épi de blé, tantôt il se plie avec une rare souplesse et glisse sous le bras de ses ennemis avec la rapidité du serpent. Lancés bientôt sur l'arène par son bras nerveux, plusieurs de ces enfans y rebondissent comme la paume; la lutte est inégale avec ce nouveau venu, tout ploie, tout lui cède. La feuille du bananier que courberait un enfant ne se redresserait pas plus agile, quand il s'incline de lui-même pour se relever. C'est à qui l'enviera parmi les créoles, comme parmi les noirs: une terreur superstitieuse fait croire à ces derniers que c'est un dieu. Il a passé par toutes les épreuves de la lutte, on dirait de l'un des Macchabées par la flamme. On ne l'entend pas respirer avec bruit, ainsi que ses adversaires; le voilà lui-même ouvrant le tir de la bague sur un cheval nu, tandis que les autres portent la selle.

Une tête de bois représentant un horrible nègre aux lèvres grosses, au nez épaté, aux cheveux crépus et roides comme un balai, forme le *faquin* d'usage contre lequel il doit pointer le bout de sa lance. Plantée sur un pivot mobile, cette figure, quand on ne l'atteint pas au milieu, tourne aisément et frappe le cavalier d'un sabre de bois peint en rouge. Or, non-seulement le nouveau cavalier n'encourt pas une seule fois cette vengeance, qui donne à rire à la foule, mais il manœuvre son cheval avec une habileté exquise, c'est la grâce du blanc et la force du nègre; il courbe le front sous les bravos et les bouquets..... C'est à qui le proclamera le roi de la fête, il n'écoute rien et va toujours..... La fureur étrange avec laquelle il s'attaque à cette tête de nègre semble une chose inexplicable aux spectateurs, on dirait que cette vue a rallumé dans lui quelque colère ou quelque vengeance. Faisant volter son cheval avec toute la grâce d'un écuyer consommé, il s'arrête enfin devant la loge de M. le prince de Rohan et s'élance vers les gradins où siége Mme de Langey.....

Alors, seulement alors, un frisson subit s'empara de la marquise; jusque-là elle s'était vue dominée par l'admiration.

— Quel prix choisissez-vous, monsieur? dit le prince de Rohan.

— Je demande pour toute faveur qu'il me soit permis d'embrasser celle que je voudrai, dit le jeune homme.

Il avait balbutié ces mots avec l'accent créole, un accent plein d'ingénuité et de douceur. Les femmes s'entre-regardèrent confuses et charmées d'entendre le vainqueur parler ainsi.

A plus d'une prunelle il jaillit alors un rayon d'espoir; laquelle de ces femmes n'eût pas voulu partager un tel triomphe?

Elles s'émurent toutes à cette demande imprévue qui circula bientôt dans tous les rangs. Les douairières seules se cachèrent sous les plumes de leur éventail en disant qu'elles refuseraient ce baiser victorieux et qu'il était malséant que ce jeune homme n'eût pas pris la coupe d'or.

Il y en avait en effet une fort belle envoyée de chez l'Empereur, le meilleur joaillier du temps; cette coupe était incrustée d'agates.

— Vous verrez que ce sera le jeune marquis de Vivonne! dit Mme d'Esparbac.

— Pourquoi pas M. de Vannes! répondit Mme de Langey.

— A moins que ce ne soit mon neveu! s'écria M. Gachard. Il est pourtant moins haut de taille, et se lasse facilement.....

— Ce serait plaisant que ce fût un étranger, quelque Anglais du navire *l'Yorick*, qui fait voile cette nuit même pour Bordeaux.....

— Vous n'y êtes pas..... c'est le neveu de notre gouverneur, M. de Bongars..... dit un officier qui voulait de l'avancement.....

Mais toutes ces conjectures furent dissipées par le geste du vainqueur, qui, s'avançant tout d'un coup vers Mme de Langey, marqua ses blanches épaules d'un baiser de feu, en soulevant la barbe de son masque.....

— Un mulâtre, c'est un mulâtre!

Ce cri poussé par Mme de Langey roula comme la foudre par l'Artibonite.

Le mulâtre jeta son masque.

— Créoles de Saint-Domingue, s'écria-t-il, c'est moi! Hommes blancs, apprenez que vous avez été vaincus par un homme de couleur!.....

— Voilà pour la *canaille*, reprit-il en lançant à travers la foule les pièces de monnaie qu'il puisa dans ses poches.

Quand il eut contemplé une seconde avec une orgueilleuse assurance la marquise de Langey :

— Adieu, maintenant, reprit-il, ma belle créole.

Transportée de fureur, elle détacha son fouet de sa ceinture, le leva sur lui et lui en coupa le visage.....

Le jeune homme se contenta d'essuyer avec sa manche le sang qui coulait, et remontant sur son cheval, au milieu de la stupeur générale, il franchit cette haie de spectateurs dont nul ne songea à l'arrêter. . . . .

. . . .

La nuit de cette fête, le brick *l'Yorick*, faisant voile pour Bordeaux, reçut à son bord un passager du nom de Saint-Georges. Il paya son passage en monnaie d'Espagne, et quand le navire partit, les matelots purent le voir s'agenouiller du côté de l'ouest avec une larme.....

En même temps il sembla au contre-maître que le mulâtre ainsi à genoux du côté de la proue tournée vers l'île murmurait ce nom :

— Noëmi!

. . . .

Cette même nuit, une immense colonne de feu s'élevait du côté de Saint-Marc, avec un concert de gémissemens horribles. Cet incendie menaçant la Rose avait commencé par la chambre de Mme de Langey. Un homme au teint bronzé, vêtu d'une méchante culotte de guingamp bleu et portant à sa main gauche un reste de chaîne rompue, avait été vu se glissant dans les appartemens de la grande case ; un noir l'avait même entendu prononcer ce cri sourdement articulé : *muerte !*

La flamme apaisée par les soins et le concours des propriétaires voisins de la Rose, on n'eut à déplorer au matin que la perte d'une aile du bâtiment, celle où reposait d'habitude la marquise de Langey.

Quand les pompes eurent joué et que l'on arriva parmi les décombres noircis, on trouva le corps de Finette à demi brûlé dans la chambre de sa maîtresse, où elle couchait quelquefois. Pour que sa victime ne pût échapper à la mort, le couteau du meurtrier l'avait frappée de plusieurs coups à la gorge... Le sang formait un ruban de corail sur le beau cou de la mulâtresse.....

L'Espagnol s'était trompé!

FIN DU SECOND VOLUME ET DE LA 1re PARTIE.

TABLE DES CHAPITRES.